竺岳兵书信集

白杨集

李招红　俞晓军　编

浙江大学出版社
ZHEJIANG UNIVERSITY PRESS
·杭州

图书在版编目 (CIP) 数据

竺岳兵书信集 / 李招红，俞晓军编. --杭州 ：浙江大学出版社，2025. 4. --（白杨集）. -- ISBN 978-7-308-25957-6

Ⅰ. K825. 6

中国国家版本馆 CIP 数据核字第 2025SJ5416 号

白杨集:竺岳兵书信集

BAIYANG JI：ZHUYUEBING SHUXIN JI

李招红 俞晓军 编

责任编辑	徐凯凯
责任校对	潘丕秀
封面设计	项梦怡
出版发行	浙江大学出版社 （杭州市天目山路 148 号 邮政编码 310007） （网址：http://www.zjupress.com）
排　　版	浙江大千时代文化传媒有限公司
印　　刷	杭州宏雅印刷有限公司
开　　本	880mm×1230mm 1/32
印　　张	11. 875
字　　数	296 千
版 印 次	2025 年 4 月第 1 版 2025 年 4 月第 1 次印刷
书　　号	ISBN 978-7-308-25957-6
定　　价	88. 00 元

序　言

新昌浙东唐诗之路研究社正在整理《白杨集》，其中《竺岳兵唐诗之路学术研究文集》已经出版，《竺岳兵书信集》和《竺岳兵散文集》即将出版，之后将出版《竺岳兵诗歌集》《竺岳兵杂文集》等。俞晓军女史嘱我作序，我与竺先生交往既久，相知亦深，对他殚尽一生提倡唐诗之路研究充满敬意，对他曾经给以中国唐代文学学会的支持也深怀感激，故不敢辞。

我与竺先生首次见面，是 1994 年 11 月在浙江新昌举办的中国唐代文学学会第七届年会暨唐代文学国际学术讨论会上。此前的 1991 年，我与竺先生曾一起参加南京师范大学举办的中国首届唐宋诗词国际学术讨论会；正是在此一会上，他发表了《剡溪——唐诗之路》为题的有极大影响的论文，标志着唐诗之路的正式提出。可惜我当时更关心《全唐五代诗》的体例制定与其中之人事协调，与竺先生失之交臂。那时在国内举办学术会议非常困难，1990 年，因程千帆先生在校内外的巨大人气，中国唐代文学学会第五届年会在程先生任职的南京大学举行；1992 年，周祖譔先生主持的中国唐代文学学会第六届年会在厦门大学召开，都办得很成功。两次会议之后，给人以难以为继的感觉。竺岳兵先生这时提出由他在新昌负责筹办第七届年会，需要很大勇气。一是将大型国际学术会议放在一个山区小县城举办，二是承担者为新昌唐诗之路研究开发社（新昌浙东唐诗之路研究社的前身），三是会议经费由中外合资的浙江越州制药有限公司独家承担，四是那时到新昌的交通还很不方便，来回都必须经停绍兴。收在“书信集”中的部分书信，即与此次会议的筹备有关，其中有许多竺先生与中外名家之间的通信，也包括与那时还相对年轻的一批学人的通信。其中也收录了我写给竺先生的一封信，信中说明我的论文《司空图〈二十四诗品〉辨伪》与会议的主旨——浙东唐诗之路研究稍有不同，但论文有学术意义，希望会议给以接纳。所收周祖谟先生一信，特别说明主办国际学术会议必须遵循的规范及具体执行办法，周先生认为既然邀请了大批境外学者，会议程序方面不能有丝毫马虎。就我所知，竺先生任会议秘书长，严格遵循了这些要求，会议办得很成功。主办者在这一过程中付出的辛苦，以及为筹措经费承担的风险，许多年后我方才有所了解，即企业答允的经费，其实到会议召开的那天方到位。

我第二次到新昌，是在 2008 年 4 月。因纪念新昌建县 1100 周年，也希望更多地宣传浙东唐诗之路的文化价值，记得我当时是追随中国唐代文学学会会长傅璇琮先生而去，同行的还有学会秘书长李浩教授以及《中国国家地理》杂志的一位副总。《中国国家地理》杂志曾经出版过一期浙东唐诗之路的专号，竺先生倡导的这一文化坐标开始为更多的中外学者所接受；傅先生约我与李浩教授同行，其实也希望中国唐代文学学会更年轻的核心成员，能够更长久地对竺先生及其倡导的浙东唐诗之路研究给以持续的支持。那年 11 月，我接手中国唐代文学学会会长，李浩教授担任学会副会长兼秘书长。2010 年 11 月，学会在天津南开大学召开年会，曾特邀竺先生作了大会报告，其发言的内容就是收录在“散文集”中的《中国唐代文学学会第十五届年会暨唐代文学国际学术研讨会演讲稿》一文。文中，他提出三点设想，即建立研究所、建立藏书楼、争取入选国家社科基金重大项目，展现了他的远见卓识。

我第三次到新昌，是在 2012 年 11 月，此次亦是前来参加会议。这次会议筹备的时间较长，核心议题是如何为浙东唐诗之路申请世界文化遗产。竺先生为此准备很充分，特别写了《新昌浙东唐诗之路研究社成立 21 年工作成果选》，并邀请了傅璇琮先生与我——中国唐代文学学会的前后两任会长，还邀请了古建筑学家罗哲文先生，以及负责申遗的相关部门的负责人，一起进行考察和论证。手边恰巧还保存有一封会前竺先生写给我的长信，主旨是希望我在新昌做一场学术报告，用较通俗的语言让民众理解什么是浙东唐诗之路。他在信中说，海内外已有上千篇文章对浙东唐诗之路予以介绍，但理解完整、准确者并不多。他认为，浙东唐诗之路有两层含义：“第一层是表层含义，指的是一条道路，它始自钱塘江，从萧山入浙东运河，过绍兴、上虞，再溯剡溪，经嵊州、新昌、天台、临海、温岭的干线，和经奉化、舟山、余姚以及好溪、浦阳江、东阳江、新安江等的支线。第二层含义，涉及对‘唐诗之路’的‘路’的理解。大多数人往往不去思考，甚至会问唐诗怎么会有路呢？这就是唐诗之路至今还停留在学术圈而没有被广大群众理解的主要原因。”更进一步说，唐诗之路“是形象思维的思路，是诗人凭借山水和人文底蕴，通过想象、联想，进行概括和集中，结合诗人的思想情感而喷发为诗的过程。

这个过程，就是形象思维的过程”。他认为，1997 年中国唐代文学学会给浙东唐诗之路研究社成立时所发的贺信中的表述是清晰而准确的：“浙东，自晋代起，渐成为人文荟萃之地，源远流长的山水诗在此滋生，与之有连带关系的书法、绘画以及宗教等，也在这一地域达到鼎盛。唐以降，许多‘壮游’的文人、失意的诗人以及‘宦游’的官吏在浙东一带流连忘返，吟咏不绝，使浙东一带再次成为唐诗发展中一个特异的地区。对于这一人文现象，‘唐诗之路’是一个形象、具体而科学的概括和归纳。”他希望我从横向上说，“多举一些例子，如诗与佛、诗与道、诗与书法、诗与画、诗与山水”等；从纵向上说，则应看到“唐诗之路是以唐代的诗人和唐代的诗歌为主体，但从文脉来说，文化有来龙去脉，‘唐诗之路’也不止限于唐代。文化是历史积淀的过程，也就是说，‘唐诗之路’上承先秦汉魏两晋南北朝，下开宋元明清和近、现代。是随着人类一代一代相传留存，继承发扬的，经过漫长的熏陶浸润，逐渐成为一种民族精神、民族的灵魂，成为全人类的共同财富”。为此，我也做了充分的准备。当时因为时间仓促，虽没有完整成文，但我保存了较详尽的提纲。我报告的题目是《浙东唐诗之路的文化意蕴及其开发意义》，就“文化意蕴”而言，我讲到浙东唐诗之路是东晋士族文人的精神家园；至于“开发意义”，我在文章中则转述了竺先生的基本设想。那次会上，我专门带了一大册《世界遗产总录》，其中包括全球所有自然和文化遗产的介绍和图片，后来我将此书送给了主持会议的县委宣传部潘岳梦部长。我记得当时的参会专家对浙东唐诗之路申报文化遗产还是非物质文化遗产有不同的理解，后来的进展我则不太了解。

第四次到新昌，是 2018 年参加全国唐诗之路与天姥山学术研讨会，竺先生在会上重申了浙东唐诗之路的三要素，即范围的确定性、形态的多样性和文化的继承性。这三点，在竺先生的许多论文中都有申述，也是他希望后学能继续研究的重点。那时，竺先生的身体已经不太好，他计划成立唐诗之路研究院，并聘请几位著名学者到浙东作实地研究；更与多位学者作了个别深入的交谈，希望这份事业有人能传承下去。

竺先生出生并成长于新昌，本担任新昌县旅行社经理和大佛寺风景名胜区管理委员会办公室主任，52 岁时提前退休，专力于新昌浙东唐诗之路研究社的经营与推广。据郁贤皓先生回忆，竺岳兵先生在 1985 年即组织学者与画家组成晋唐文化剡中考察团，1988 年初步形成浙东唐诗之路的构想，并在 1991 年南京师范大学的会议上提交了《剡溪——唐诗之路》一文，标志着他关于唐诗之路论述的基本成立。竺先生在 2012 年所写的《新昌浙东唐诗之路研究社成立 21 年工作成果选》中，介绍了研究社在新昌境内发现古迹 13 项，出版学术著作 15 种，发表论文 86 篇，举办国际国内学术会议 10 次。较重要的会议除前述唐代文学国际研讨会外，还有与中国李白研究会合办的 1999 年李白与天姥国际学术研讨会暨中国李白研究会特别会议及 2006 年李白唐诗之路研讨会。成果实在已经很丰硕、壮观。

竺先生的学术研究和唐诗之路的创说，得到海内外众多著名唐诗研究学者的热烈支持和高度评价。“书信集”中所涉及的许多前辈学者，大多我也认识，翻阅他们的书信，有重见故人的感觉（编者在此部分用力极深，许多前辈学者的生平，我也是阅后方知）。我想摘引一些前辈学者的话语，来展现学界对竺先生成就的评价。南京师范大学孙望教授：“您在新昌县城能找到如许资料，写出如此论文，是难能可贵的。论文从对李白诗的析义与理解入手,提出了许多疑问,结合其他诗文资料,作出了新的论断,特别是末了一章从地理的角度论证古代天台、天姥、沃洲一带旅行的路线,解决了一些过去所没有解决的问题,这都是值得我们重视的。”复旦大学王运熙教授:“大作《李白东涉溟海行迹考》一文,日前拜读一过,确是一篇不可多得的力作。文章见出您对李白作品读得十分细致,对沃洲、剡溪一带地理情况十分熟悉。它不但对李白生平及其修仙学道行为的理解大有帮助,而且对唐代文人和沃洲山水的关系也作了明白的阐述,对唐诗研究很有裨益。总之,它是一篇有创见、有启发性的佳作。”西北大学安旗教授更称为“太白异代知己人”。中华书局总编辑傅璇琮先生认为,竺先生的倡议“既有文化价值,又有经济价值,对推动浙江地区的经济进一步发展,会起有益的、日益明显的作用。”上海古籍出版社编审朱金城先生:“《剡溪——唐诗之路》大文已仔细读过,引证详博,发前所未及,必为‘唐诗之路’之重建作出贡献。”台湾大学罗联添教授也对此文作出“甚佩卓见,继续努力,假以时日,必有成就”的评价。台湾政治大学罗宗涛教授:“我国山水,少有纯以自然景观而克享盛名者,多以自然与人文相结合,方得驰名遐迩,传声千世。今贵社把握此精神而欲有所开发,其成功将可预期。”日本早稻田大学松浦友久教授称参加竺先生主办的浙江唐诗之路研讨会,“在唐诗研究的历史上、国际学术交流的情况上,可以说是极大的贡献”。岛根大学入谷仙介教授在游览剡溪四年后,驰函说:“时常怀旧中华之游,就中尤挂念尤深是新昌唐诗之游。青山盘崛,碧流淙淙,天台赤城雄据(踞),曹娥江水悠悠,令人有身在晋唐,交臂谢灵运、李太白(之感)。”以上各位,大约是 20 世纪 80 年代在唐代文学研究方面最有成就的学者,他们对竺先生学术研究的肯定,对浙东唐诗之路提出的创新意义的赞赏，皆客观、中允。

2019年10月，经过多方协调并报请中国唐代文学学会批准，唐诗之路研究会在新昌成立，近百位学者参加了成立大会。竺先生生前曾郑重托付的南开大学卢盛江教授担任会长，省、市、县各方都给以积极支持。近五六年来，唐诗之路研究已成为国内唐诗研究的一大热点，唐诗之路研究会也已举办了三次年会，下月会在唐代东都洛阳举办第四次年会；同时，已经出版两辑唐诗之路研究丛刊和两册研究论文集。我想，这些都是可以告慰于竺先生的，他开拓的道路肯定会越走越宽。

唐诗之路研究会成立大会上，我曾有发言："竺先生在新昌，得到地方各届领导的有力支持，与唐代学会的几代学人，更结下深厚友谊，互相支持。正是有了这几方面的合力，浙东唐诗之路成为新昌的文化坐标，有关研究结出了硕果，影响遍及海内外。我们更希望将这一研究理路与方法，推向全国，成为当前唐代文学研究新的学术生长点。天下禅林宗曹溪，唐诗之路尊新昌！今天我们聚会在新昌，共同怀念竺岳兵先生，学习和感受新昌文化建设的成就，即基于此一认识！"其实这包含几层意思，一是充分肯定竺先生的首倡之功，经过他持续的努力，浙东唐诗之路终于为中外学界所广泛接受；二是既然成立了研究会，广泛召集有关学者来从事此项研究，就有责任将新昌的成功经验向更多地域推广；三是地方学者的学术优势是其研究具有在地性，在对海内外研究的动向的把握，对唐诗研究的前人成就的理解，乃至研究方法的周密科学上，他们都还有延展的空间。希望借研究会成立的机缘，在更广阔的时间和空间中，地方学者可进行更丰富可靠的文献搜寻，探索更具学术前沿意义的方法和理论，以继续竺先生未完成的事业。其间有承续，也有变化，我想，以竺先生的胸襟气度,对此当会乐观其成吧!

我于竺先生为后辈,未能尽知竺先生的人生追求,谨就所知写出,希望俞晓军女史与研究社的诸位同仁,有以赐正。

陈尚君

2025 年 3 月 23 日

凡 例

一、本书所收诸家书札，多采用竺岳兵先生私人藏品，少量书札由收藏单位或个人提供，个别书札出自相关出版物。

二、书札按书家写信时间顺序编次，同一人有多通者，图版选其一，按第一通信时间先后编次。书札落款无年份者，编者尽量考证出通信时间，并交代依据。残缺以及难以辨认之文字，以□标识。错字、多字、漏字或不通顺之处，保留原文，并在括号内注出正确文字。

三、除照录原书札之外，发信人首见处加作者简介。并择要交代相关人物、事件等背景，俾读者参考。

四、书中“附录”部分收录之书札及文献，因涉及竺岳兵先生之相关工作，兹附于书后，俾读者参阅。

目　录

上　编　专家学者给竺岳兵先生来信

下　编　竺岳兵先生去信

上编

专家学者给竺岳兵先生来信

孙　望

孙望（1912—1990），历任金陵大学、南京师范学院（后改称南京师范大学）教授，中国作协江苏分会第一届、第二届副主席，江苏省高等学校语言文学教学研究会第一届会长。著有诗集《小春集》《煤矿夫》，专著有《元次山年谱》《全唐诗补逸》《蜗叟杂稿》《韦应物诗集系年校笺》等。

释文

岳兵同志:

十二月十一日函及附寄有关李白行事的考证文一篇均收到,望近来心脏病发,时在床褥,大作只粗略拜读一遍,已转带给郁贤皓同志去看了。望读后的总印象是觉得很好的,您在新昌县城能找到如许资料,写出如此论文,是难能可贵的。论文从对李白诗的析义与理解入手,提出了许多疑问,结合其他诗文资料,作出了新的论断,特别是末了一章从地理的角度论证古代天台、天姥、沃洲一带旅行的路线,解决了一些过去所没有解决的问题,这都是值得我们重视的。可惜我现在基本上不出家门,所以无法到图书馆去找材料来作详细的核对,并给你增补什么资料。我想贤皓同志拜读后,一定会有信给你的,他是专家,他的评断,一定很中肯。

关于在第一章里所引李白《任城县厅壁记》,这篇记可惜没有署年时,而文中所盛赞的任城县令贺公,亦不知系何年事。至于游方《任城县桥亭记》,记邑大夫郑延华求记于游方,署的是开元二十六年。论文里断定贺宰任城县在郑延华之前。这其间似缺少明确的析理过程。据论文下文提到开元26(二十六)年、27(二十七)年李白在吴,又提到开元26(二十六)年秋李白必在杭州,结合《任城县桥亭记》一文,可说明当时郑延华宰任城。则贺公之宰任城,必然或前于开元26(二十六)年,或后于开元26(二十六)年,论文似宜就在本章作出说明。那么对读者就更易了然了。

至于有什么地方可以推介发表,我想等郁同志看过后,我再和他计议一下,如有可能,我是乐于助力的。

打印稿可惜有好几页不清楚，看起来很费力。草草奉复，祝

新年愉快！

孙望

1984 年 12 月 31 日

84.12.31

第　　页

岳兵同志：

十二月十一日函及附寄有关李白行事的考证文一篇均收到。望近来心脏病发，时在床褥，大作只粗略翻读一遍，已转带给郁贤皓同志去看了。望读后的总印象是觉得很好的，您在新昌县城能找到如许资料，写出为此论文，是难能可贵的。论文从对李白诗的析义与理解入手，提出了许多疑问，结合其他诗文资料，作出了新的论断，特别是末了一节从地理的角度论证古代天台、天姥、沃洲一带旅行的路线，解决了一些过去所没有解决的问题，这都是值得我们重视的。可惜我现在基本上不出家门，所以无法到图书馆去找材料来作详细的核对，并给你增补什么资料。我想贤皓同志翻读后，一定会有信给你的，他是专家，他的评断，一定很中肯。

关于在第一章里所引李白《任城县厅壁记》，这篇记可惜没有署年时，而文中所盛赞的任城县令贺公，亦不知系何年事。至于游方《任城县桥亭记》，记邑大夫郑延华求記於游方，署的是开元二十六年。论文里断定贺宰任城县在郑延华之

20×20=400　　南师《文教资料简报》稿纸

第　页

前。这其间似缺少明确的析理过程。据论文下文提到开元26年27年李白在吴，又提到开元26年秋李白必在杭州，结合《任城县桥亭记》一文，可说明当时郑延华宰任城。则贺公之宰任城，必然或前于开元26年，或后于开元26年，论文似宜就在本章作出说明。那么对读者就更易了然了。

至于有什么地方可以推介发表，我想等郁同志看过后，我再和他讨议一下，如有可能，我是乐于助力的。

打印稿可惜有好几页不清楚，看起来很费力。草草奉复，祝

新年愉快！

孙望　1984年12月31日

20×20＝400　　南师《文教资料简报》稿纸

背景

孙望先生是与竺岳兵先生通信的第一位学术大家。竺岳兵的论文《剡溪——“唐诗之路”》发表后，在学术界引起强烈反响，他为此专门写了一篇“后记”，详细叙述与孙望先生交往的缘由和过程。兹录全文如下：

这篇论文，曾在1991年南京召开的“中国首届唐宋诗词国际学术讨论会”上交流过，因要的人多，重印过，后来又被收入该会的《论文集》和《唐诗之路资料选编》内。现在稍加修改后再印，已是第五次了。在这两年不到的时间里印了五次，我想应当写篇后记来感谢许多老师和友人对我的指导与帮助。

通常来说，后记是比较好写的，可是我怎么也写不好。因为我想起了一个人，时常令我语塞。他，就是学术界的巨星孙望先生。

记得那是1985年1月5日，我把孙望先生给我的信高高地举起来对在场的朋友们说：“学术界是一块最干净的土地！”我原不认识孙望先生，是在他为郁贤皓教授作的《李白丛考》序中知道他的大名，并知道他在南京师范大学任职。1984年12月2日，我将《李白行踪考异》的油印本，分寄给许多学者，向他们请教。当时我不认识郁先生，只好根据该序落款的提示，于12月17日把论文寄到了南京师范大学，请孙先生转交郁先生。半个月后，我就接到了孙先生在病中用蝇头小楷写来的信，信中给了我诸多夸赞。1月12日，郁先生来信说：“五个问题都说得很有道理，可以补充目前学术界对李白事迹考察之不足。尤其是最后一部分，非常精彩。我认为可以发表出来，给学术界一新耳目。”他说的最后部分，就是发表在《唐代文学研究》第一辑里的那篇文章——《李白“东涉溟海”行迹考》，实际上就是现在说的唐诗之路。就在这个时候，我受命于县里的风景、旅游工作，读书也就时断时续。

1987年4月，我以52岁的年龄获准退休，想继续走我既定的道路。谁知为了实现文化与经济对流而与几个农户合办的公司，竟被人侵吞去了。打了两年官司，直到1989年底，我才重拾旧笔。

有幸的是，当我一回到书斋中，顿觉天地都宽敞了。我得到了更多学者、朋友和知我心意的领导的指教、帮助和支持。这几年，我又陆续发表了一些文字。当重印这篇论文的时候，我想起了已经离开我们两年多的孙望先生，一位从未见过面的引路先师，怎不令人唷嘘呢！

我把孙望先生的信附在这篇后记里，为的是鞭策我自己，也为了让别人知道唐诗之路的由来。

竺岳兵

1993年3月1日

郁贤皓

郁贤皓,1933年生,南京师范大学文学院资深教授、古文献研究所名誉所长,省重点学科“中国古代文学”学科带头人。兼任国家古籍整理出版规划小组成员、中国李白研究会会长、新昌浙东唐诗之路研究社名誉社长等。长期从事中国古典文学的教学和研究。主要著作有《李白丛考》《唐刺史考》《李白选集》《李白考论集》《李太白全集校注》等。

释文

一

竺岳兵同志：

你两次请孙望先生转给我的信和大作《李白行踪考异》均已收到。因前些时家有丧事，我的继母去世，回上海奔丧料理后事，直到前天才回到南京，所以迟复，请谅。

大作已经拜读，我觉得写得很好，五个问题都说得很有道理，可以补充目前学术界对李白事迹考察之不足。尤其是最后一部分，非常精彩。我认为可以发表出来，给学术界一新耳目。我的意见是：是否可以把最后一部分作为基础，把前面四个部分中的精华也组织进去，变成一篇文章。至于学术界已经谈到过的问题是否可以删去。主题是《李白东涉溟海行迹考》。字数在九千字左右，不超过一万字。你写好后，如果可以，请寄给我，我可以推荐给国内有影响的杂志发表。不过一定要写得集中些，把《一条古旅游线》结合李白的诗文写得具体生动些，要层次清楚。可要可不要的材料全部删去。相信你经过努力，一定能写成一篇高质量的文章。

我恭候你的佳作。

专此奉复，即颂

撰安！

郁贤皓

1985.1.12

南京师范大学

竺岳兵同志：

你两次请勋望先生转给我的信和大作《李白行踪考异》均已收到。因前些时家里有丧事，我的继母去世，回上海办丧事料理后事，前天才回到南京，所以迟复，请谅。

大作已经拜读，我觉得写得很好，五个问题都说得很有道理，可以补充目前学术界对李白事迹考察之不足。尤其是最后一部分，非常精彩。我认为可以发表出来，给学术界一新耳目。我的意见是：是否可以把最后一部分作为基础，把前面四个部分中的精华也组织进去，变成一篇文章。至于学术界已经谈到过的问题是否可以删去。主题是《李白东涉溟海行迹考》，字数在九千字左右，不超过一万字。你写好后，如果可以，请寄给我，我可以推荐给国内有影响的杂志发表。不过一定要写得集中些，把《一生出游线》结合李白的诗文写得具体生动些，要层次清楚，可要可不要的材料全部删去。相信你经过努力一定能写成一篇高质量的文章。

我期待你的佳作。

专此奉复 即颂

撰安！

来信请寄：南京陶谷新村5号

郁贤皓

1985.1.12.

院址：宁海路122号　电报挂号：南京1597号

01 806.84.3

二

岳兵同志：

三月十七日来信收到。你退休后将办工厂，我很佩服你的气魄。你写的《夜话》交给黄丕谟先生，我因近来工作太忙，马鞍山李白纪念馆聘我为高级学术顾问，要我去帮助设计扩大纪念馆，所以没有时间到丕谟兄处，还未看到你的大作。

关于你要我牵线搭桥推销产品事，我有个朋友正在南京市商业局电大班上课，听课的是全市商业局的干部，所以请他牵个线倒并不困难。他也是个学者，出了不少书，在江苏很有名气。问题是你们的产品质量如何？价格如何？是否能打出名牌产品？我不知道我用什么名义和他联系？他又用什么名义联系？是否以后要在南京设代销店等等，并请来信详细说明。

如果你真的能给我在新昌搞间房子，能吃能住，我准备以后每年寒暑假到你那里去写作。

请来信。

即颂

近祺！

郁贤皓

1987.3.23

三

岳兵同志:

大作《〈梦游天姥吟留别〉诗旨新解》已拜读,大有耳目一新之感。我在1985年首次到新昌实地考察天姥山之后,对诗中“连天横”三字才有了新的认识,但仍然没有您认识得那么深刻。大作将天姥山“连天横”的气势视为不屈事权贵的形象比喻,从而使全诗的主题完全统一,富有启发性。大作还将梦的前半视为寻访谢灵运游踪,也是发前人之所未发,并将谢的遭遇和李白遭遇作了对照,资料翔实,令人信服。

总之,大作打破了历来的种种说法,开创了更符合诗意的新说,具有重大的学术价值。谨向您致贺。

缺点是印刷质量需改进,文中错别字较多,请改正。

即颂

夏安!

郁贤皓

1994.7.22

四

老竺：

很长时间未收到您的来信和来电，甚为悬念，未知贵县是否又有什么问题？现在已是9月份，到了关键时刻了，希望您经常和我保持密切联系，互通讯息。自从7月底我们向10个国家和地区发出第一号通知后，很多学者已来信表示决定参加会议，如台湾东海大学杨承祖教授不但自己要来，其夫人也要来，其夫人费用自负；香港浸会大学中文系主任陈永明教授也决定要来。新加坡国立大学林徐典已到其它国家，我们拟另外请人。估计9月份各国代表都会有回信来。如果9月份没有回信的，我们拟在10月初发第二批信件另请一批人。关键是我们一定要请世界第一流的学者，规格一定要高。必要时我会发国际传真和国际长途电话与外国学者谈，请他们来。

最近我收到贵县一位先生来信，从中看出贵县有些人还有一些糊涂观念。一则说天姥山是新昌和天台的界山；二则说天姥山既在新昌境内，天台县是夺不去的。实际上这些说法都是不对的。如果说天姥是新昌与天台的界山，那末（么）岂不是把天姥山的一半就送给天台县了？其次，天台县并不是要夺天姥那座山，他们是要一个名分。天台县委书记和办公室主任专程到南京来找我，要我到天台县去开国际会议，最近又再三来电要我带一批专家去考察，其目的主要是想借我这个中国李白研究会会长，要我表态：天姥山的命名，就是由在天台县境内的那个形似“天姥”的山峰而取的，这样，他们就可以大张旗鼓地宣传李白诗中的“天姥”就是指那个山峰了。为此，我一再拖延，推说身体不好没有去考察。目前,天台方面已与中国韵文学会商妥,明年在天台县开国际会议。我因与新昌感情密切深厚,不参加他们的会议。我认为天姥山就是在剡中,与沃洲相对,不可能在天台。具体说就是在新昌境内。过去人说天姥在剡东南,就是指新昌境内,不能扩大到天台县去。

我深切希望贵县领导一定要重视明年五月的国际会议,务必要把会议开好,能在国际上产生重大影响,使海内外学者非常清楚李白诗中乃至东晋以来所有诗人谈到的天姥山就在新昌境内,使新昌县的知名度在海内外得到提高。不知我的想法是否得当,请您认真考虑。

务请加强联系。即颂

近祺!

郁贤皓

1998.9.2

五

岳兵同志：

大作已收到。拜读一过，感到大作很有见地。关于天姥山命名由来的见解甚为深刻，特别是提出天姥谓西王母、天姥岑是专用词，以及“姥”字字义的转化等等，论据充分，很有说服力。至于谢灵运诗中的临海峤不一定指临海，此诗不一定写于开山至临海时等，也可供学术界研究参资。

总之，窃以为大作是一篇很有学术价值的好文章，建议能早日发表，以飨学人。

专此奉覆。即颂

近祺！

郁贤皓

1998.11.13

安　旗

安旗(1925—2019),当代评论家、李白研究专家。曾任陕西省委宣传部文艺处副处长、《延河》主编等职。1979年调西北大学从事唐代文学研究。论著有《论抒人民之情》《论新诗与民歌》《李白初探》《李白传》等。

释文

岳兵同志：

惠书敬悉，但前信未收到。

关于剡中之行，只听郁贤皓同志来信谈起，我以为是在李白诗歌研讨会后。如果是在会前，我当提前赴宁至郁处，请即告知入剡日期。

我读李白诗，因之梦吴越久矣。此次得附骥尾，幸也何如！感谢你的支持和帮助。

你看我什么时候到南京好？盼速复。

即颂

大安！

安旗

5.3

85.5.8 接到①

① "85.5.8 接到"系竺岳兵先生手书，是指 1985 年 5 月 8 日接到安旗先生来信。——编者注

《唐代文学》论丛编辑部

岳兵同志：

惠书敬悉，但前信未收到。

关于剡中之行，已嘱郁贤皓同志来信谈过，我以为是在李白诗歌研讨会后。如果是在会前，我当提前赴宁至郁处，请即告知入剡日期。

我读李白诗，因之梦吴越久矣。此次得附骥尾，幸也何如！感谢你的支持和帮助。

你看我什么时候到南京好？盼速复。

即颂

大安！

安旗

5.3.

85.5.8.接到

20×15=300　　第　页

背景

安旗先生应竺岳兵先生之邀，与南京师范大学郁贤皓教授等一行于 1985 年 5 月 18 日来新昌考察六朝至唐文人浙东行迹，作有《沃洲湖上远眺》诗一首：

沃洲山，影婷婷，沃洲湖，碧莹莹。
涤我尘烦净，染我华发青。
如梦如醉游半日，不知身在蓬莱第几层。
天姥更在叠嶂外，时隐时现倍有情！
似念我远自西秦来东越，
似酬我魂牵梦萦天姥十年零。
清风拂耳际，恍闻天姥声。
待尔明朝赴天台，谢公道上会相迎，
迎尔太白异代知己人。

竺岳兵先生写过一篇《安旗教授与唐诗之路》的小文，全文如下：

1985 年春，诗人、作家安旗教授应我之请，与郁贤皓教授、黄丕谟教授等一行五人来“唐诗之路”实地考察。那时，我曾向她请教过有关李白研究中的许多问题，受益颇多。同时，我向她递呈了拙文《李白“东涉溟海”行迹考》，拙文认为李白初入剡中的年代不是天宝六载(747)，而是开元十四年(726)，这篇拙文得到了安郁两先生的肯定。

安先生回到西北大学后，就给我寄来了 1984 年出版的她的大著《李白传》。这是她积十年之功创作的传记文学作品。初版发行 18 万余册,书店很快脱销。1990 年台湾可筑书屋私印数千册,亦很快售完。私印本所加《编辑手记》评价此书“写活了李白一生,也写出了大唐由盛而衰的历程。”而作者安先生认为,初版本尚未达到她能够达到的水平,对于李白与越中的关系,叙述亦有所失。因此又于近年进行了精心修订,吸取了学界最新的研究成果,对 1984 年版本作了较大的改动。其中,增加了李白与越中一章,使史一般严谨的内容更加充实,更加精炼;诗一般优美的文笔更加生动,更加感人,对提高“浙东唐诗之路”在中国思想文化史上的地位,起了重要作用。

新本《李白传》已于 1993 年由陕西三秦书社出版,受到了广大读者的欢迎。我拜读新本《李白传》后,对安先生严谨的治学作风和散文诗般流畅优美的语言特色,钦佩之至。我想,为古人作传必先知其人。安先生所以能写活李白,是与她的诗人素质和研究家的作风有关的。

松浦友久

松浦友久(1953—2002),汉学研究专家。日本早稻田大学教授、文学院院长。松浦先生对唐代诗学研究之精深,在日本唐代诗学界有着极高的学术地位,即便是在中国唐诗研究界也有着持续的影响。其诗学理论功底深厚,一生致力于中国古典诗歌研究,在诗学上多真知灼见。著有《中国诗歌原理》《唐诗语汇意象论》等。

释文

一

竺岳兵先生:

五月一日、十日、二十八日的大札均已拜悉,谢谢您的深厚友谊。

我们采石李白会议日方代表团,该会圆满结束之后,六月四日安抵东京,请勿念。关于吕明宏先生带来的贵乡录像磁带,六月二日在闭幕式与酒会之后,与会的代表们,都很热心欣赏,获益良多。尤其使我回忆起剡中联欢之日,心中不禁怀念之情。特此向您表示感谢,并请向吕先生和有关先生们转致谢意。

大作《李白行踪考异》在日本会读中文的专家们不读译文,不会读中文的一般读者,则不能理解如此考证研究的学术价值。我以为,倘能在贵县,将大作的要旨或重要部分印成一书再寄给我,则我将每一本分送给日本的有关学者,以便他们的研究工作。未知贵见如何,谨俟答复。

至于小诗写成日文一事,毛笔书法,我实在不惯,仍请单用书法家的中文为荷。

耑此奉复,即颂

撰安

松浦友久

1985 年 6 月 13 日于东京

0000002

竺岳兵先生：

五月一日、十日、二十八日的大札均已拜悉，谢谢您的深厚友谊。

我们参加李白会议日方代表团，该会圆满结束之后，六月四日安抵东京，请勿念。关于吕明宏先生带来的贵乡录像磁带，六月二日在闭幕式午酒会之后，与会的代表们，都很热心欣赏，获益良多。尤其使我回忆起剡中联欢之日，心中不禁怀念之情。特此向您表示感谢，并请向吕先生和有关先生们转致谢意。

大作《李白行踪考异》在日本

会读中文的专家们不读译文，不会读 2-1
中文的一般读者，则不能理解如此考证研究的学术价值。我认为，倘能在贵集，将大作的要旨或重要部分印成一书再寄给我，则我将每一本分送给日本的有关学者，以便他们的研究工作。未知贵见如何，谨候答复。

至于小诗写成日文一事，毛笔书法，我实在不擅，仍请采用书法家的中文为荷。

肃此奉复　　即颂

0000003

撰安

松浦友久

1985年6月13日于东京

背景

1985年4月29日，松浦友久教授看了南京师范大学郁贤皓教授转给他的竺岳兵《李白行踪考异》后，组织日本友好考察团共9人，来到新昌、天台考察。竺岳兵陪同他们一起考察了《李白行踪考异》一文中所述的古代著名水上旅游线（即后来提出的“唐诗之路”）。

松浦先生在新昌所作小诗：

初至新昌怀李白

（一）

忆昔青莲匿浙东，放歌高笑卧春风。
扶桑客子爱仙迹，亦爱清诗入剡中。

（二）

水爱曹娥绿，山怜天姥青。
一歌将进酒，万古不求醒。

二

竺岳兵先生：

屡蒙赐函，不胜感纫之至。此次“浙江唐诗之路”研讨会，您作为主持人之一，热心筹备，在唐诗研究的历史上、国际学术交流的情况上，可以说是极大的贡献。

由于您和郁先生是此次会议的主要人物，我原想乐于前来参加；但，今年暑假校务特别忙，再加上家里内人健康方面有点问题，终不能不得出另待将来之机会的遗憾结论。

回忆起八五年春季的剡中旅行，当时当地的种种光景，至今犹历历在目。我相信将来必定会有再访贵地，和您促膝畅谈的机会，兹预请届时指导与协助。

专此奉复，顺颂

时绥

松浦友久

1993年7月5日于东京

伍天玉

伍天玉，书法家，南京师范大学郁贤皓教授弟子。

释文

竺先生:

来信收到。谢谢您对我的信任,告诉我很多您的情况。您的大刀阔斧地干事业的魅力更让我景仰,中国就是缺少这样的人。有些人也有事业心,也想干一番,但一遇挫折就偃旗息鼓,终究一事无成。而您则不然,有胆有识,说干就干,所以在各个领域里都做出了成绩,这点是有目共睹的,当然这也与机遇分不开,您说对吗?就我自己浅薄的阅历、经历,也深感办一件事之难,所以对于搞事业的人都怀有崇敬之情,愿意与他们谈谈,甚至争论。而对于碌碌无为忙于过日子的人,我就格格不入了,这大概就是我的优点也是我的缺点之所在吧!请您指教!我总认为,一个人在这个世总得干点什么,总得奋斗着,如果停止了奋斗、追求,不如死!有人说这是不安分,殊不知人类的进步、发展正是由不安分而来的。前两天去看了郁老师,他正伏案工作。我很惭愧,自己没有老师那种拼搏精神。就写到这里,总之,和您谈谈我觉得很愉快。祝

顺利

伍天玉

85.9.5

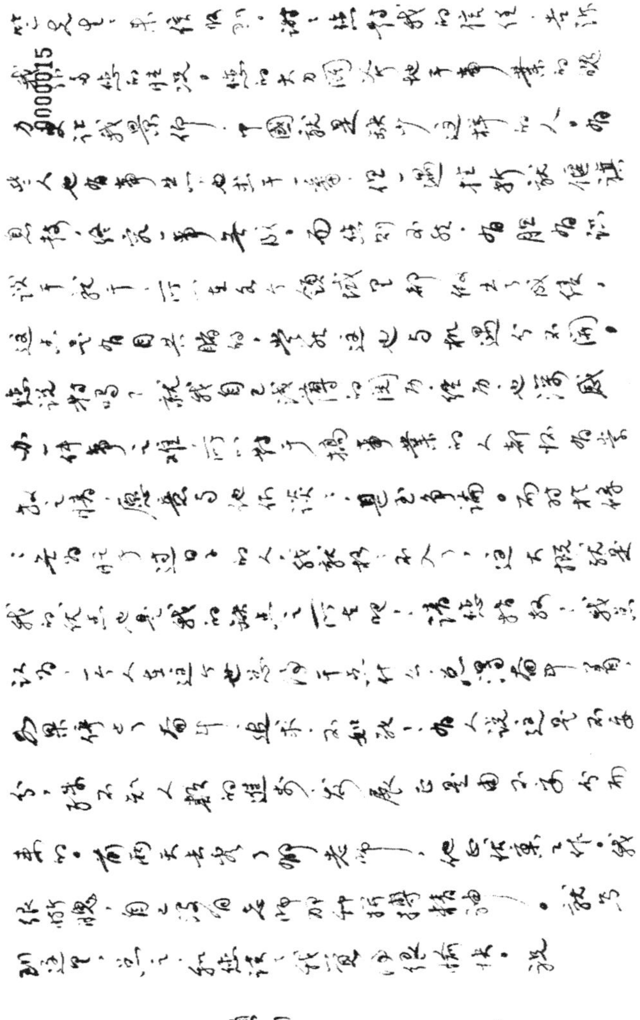

朱易安

朱易安,1955年生,上海师范大学人文学院古典文献学教授。著有《白居易诗集导读》《唐诗书录》《李白的价值重估》《唐诗与音乐》等及论文多篇。《全宋笔记》主编之一,主持完成多项国家级及省部级社科项目。

释文

竺岳兵先生：

惠赐彩照及托人捎来的羊毛衫均已收到，谢谢。

新昌之行[①]承您及有关方面的热情接待，领略了剡中秀美的山水风光，使人难以忘怀。食宿之事给您和其他同志添了不少麻烦，惊扰了大家的工作和生活，很是不安。

先生对家乡文化建设的热情和对祖国文学遗产钻研的精神，令人钦佩，希望今后能不断听到新昌及先生为之而奋斗的好消息。

家父嘱我向您转达他的问候。

顺颂

吉祥

上海师大

朱易安

十月三日

① “新昌之行”是指1988年8月16日郁贤皓、朱易安等一行受竺岳兵之邀，考察新昌大佛寺、沃洲湖等地。——编者注

19 年 月 日 第 页共 页

竺岳兵 先生：

惠赠彩照以及托人带来的羊毛衫均已收到，谢谢。

新昌之行承您及有关方面的热情接待，领略了浙中秀美的山水风光，使人难以忘怀。食宿之事给您和其他同志添了不少麻烦，惊扰了大家的工作和生活，很是不安。

先生对家乡文化建设的热情和对祖国文学遗产钻研的精神，令人钦佩。希望今后能不断听到新昌及先生为之而奋斗的好消息。

家父嘱我向您转达他的问候。

顺颂

吉祥。

上海师大

朱易安

七月三日

上海师范大学

10.6收到。

寺尾刚

寺尾刚(1958—2016),李白研究专家,日本爱知淑德大学教授。曾为日本早稻田大学博士研究生、南京师范大学高级进修生。

释文

竺老师:

大函收到,深为感谢。我最近比较忙,所以很久没给您回信,实在抱歉得很。

《李白诗歌索引》这本书的事,上次郁老师和我商量过。郁老师说,他家里有一本,所以,您到南京时,我把它复印好后送给您,这或许是最好的办法。这样,不但价格便宜,而且不用交邮费。您以为如何?

从贵县回来以后,我自己查了一下贵县和李白的关系。越查越感觉到,对李白来说,贵县是最重要的地方之一。因为李白至少三次说过自己想去剡中:第一次是他初下荆门时,第二次是在鲁时,第三次是在洛阳时。李白为什么这样一直想念剡中呢?我还没搞清楚。但是,我相信这原因是在于贵县人民对李白的热情的款待。李白爱贵县人民,贵县人民也爱李白!通过这次实地考查(察),我也被贵县的人情风俗感动了。

代问您全家人和祝先生好!敬祝

大安

寺尾刚

1989年1月31日

0000057

南京师范学院

竺老师：

大函收到，深为感谢。我最近比较忙，所以很久没给您回信，实在抱歉得很。

《李白诗歌索引》这本书的事，上次郁老师和我商量过。郁老师说，他家里有一本，所以，您到南京时，我把它复印好后送给您，这或许是最好的办法。这样，不但价格便宜，而且不用交邮费。您以为如何？

从贵县回来以后，我自己查了一下贵县和李白的关系。越查越感觉到，对李白来说，贵县是最重要的地方之一。因为李白至少三次说过自己想去剡中：第一次是他初下荆门时，第二次是在鲁时，第三次是在洛阳时。李白为什么这样一直想念剡中呢？我还没搞清楚。但是，我相信这原因是在于贵县人民对李白的热情的款待。李白爱贵县人民，贵县人民也爱李白！通过这次实地考查，我也被贵县的人情风俗感动了。

代问您全家人和祝先生好！敬祝

大安

寺尾刚
1989年1月31日

院址：宁海路122号　　电报挂号：南京1597号

刘振娅

刘振娅,1942年生,广西教育学院(今南宁师范大学)教授。出版有《历代奏议选》等5部学术著作,发表有50多篇学术论文及百余篇诗词小说散文。退休后投身老年教育,于广西老年大学讲授古典诗词鉴赏与写作。

释文

竺先生：

您好！大札奉读，首先要祝贺您的成功，官司打赢了，《唐诗之路》的设想也将成为现实，这无论对学术、对旅游都是很有意义的，对您家乡的建设开发也是一项贡献，真为您高兴。大林师多次在信中赞扬您的毅力，推崇您锲而不舍、勇往直前的精神。他眼力不错。

复印《唐诗之路》一文，可曾在《人民日报》海外版登过？我想推荐去，该报第二版有个《大陆风貌》专栏，介绍历史文化名城、开放城市、中小城镇。我觉得将“唐诗之路”介绍出去，很有意义，或者您另写也行，二三千字既（即）可。不知尊意如何？寄傅先生推荐更好，他和他们熟。

我们2月初放寒假，这个假期短，且有函授，要下到县城面授。教育学院目前正面临转轨，原来的课程设置都不适合继续教育的需要，又得从新设置，从新备课，即所谓重打锣另开张吧。今年三月底四月初我可能和系里几位同志到上海去参加继续教育的观摩研讨会，回来说不定还要组织到区内几处地方调查。因此上半年原打算出席山东莱州李清照、辛弃疾学术会，就去不成了。下半年争取去温州能成行。我已将此事告诉大林师，届时争取与他同往。您可把您的喜讯向他报告。

来信说脚受伤，不知愈否？我去年底也摔了一跤，早上跑步，绊着水泥钉，右脸、右肩、膝均跌伤，脸最伤得厉害，肿了一星期。涂这里中医院自配的十一方药酒，很快结痂，只是脱痂后还不能恢复到原来样子。我当时大意了，跌得满脸血还跑，以为随便涂点万花油就好了，谁知到中午便有化脓迹象。俗话说：伤筋动骨一百天,您可不能太大意了,抓紧治好。手脚方便才能做更多事。

您侄女到南京学习不错吧?那里的师资条件好,她又有基础,一定能学好、成才的。

春节快到了,遥祝您和您全家
健康,幸福,心想事成,万事如意!

振娅

91.1.31

91.1.31

0000137

广西教育学院

竺先生：

您好！大札奉读，首先要祝贺您的成功，官司打赢了，《唐诗之路》的设想也将成为现实，无论对学术、对旅游都是很有意义的，对您家乡的建设开发也是一项贡献，真为您高兴。大林师多次在信中赞扬您的毅力，推崇您锲而不舍、勇往直前的精神，他眼力不错。

复印《唐诗之路》一文，可曾在《人民日报》海外版登过？我想推荐去，该报第二版有个《大陆风貌》专栏，介绍历史文化名城、开放城市、中小城镇。我觉得将"唐诗之路"介绍出去，很有意义。或者缩写成也行，二、三千字既可。不知尊意如何？寄傅先生推荐更好，他和他们熟。

我们2月初放寒假，这个假期短，且有函授，要下到县城面授。教育学院目前正面临转轨，原来的课程设置都不适合继续教育的要求，又得重新设置，重新备课，正所谓重打锣另开张吧。今年三月底四月初我可能和系里几位同志到上海去参加继续教育的观摩研讨会，回来说不定还要组织到区内别处地方调查。因此上半年原打算出席山东莱州李清照、辛弃疾学术会，就去不成了。下半年争取去温州能成行。我已将此事告诉大林师，届时争取与他同往。您可把您的喜讯向他报告。

来信说脚受伤，不知愈否？我去年底也摔了一跤，早上跑步，绊着水泥钉，右脸右肩膝均跌伤，脸被伤得厉害，肿了一星期。涂过区中医院自配的十一方药酒，很快结痂，只是脱痂后还不能恢复

89.7 4019

0000138

广西教育学院

到原来样子。我当时大意了，跌得满脸血还跑，以为随便涂点万花油就好了，谁知到中午便有红肿迹象。俗话说：伤筋动骨一百天，您可不能太大意了，抓紧治好。手脚方便才能做更多事。

您侄女到南京学习不错吧？那里的师资条件好，她又有基础，一定能学好，成才的。

春节快到了，遥祝您和您全家

健康，幸福，心想事成，万事如意！

振姐 91.1.31

89.7 4019

莫德光

莫德光(1920—1999),书法家。曾任香港教育学院副校长及比较政策讲座教授,香港大学社会科学学院副院长及社会政策教授。曾创办圣约翰英文书院。研究领域广泛,主要集中在社会学、社会政策以及比较政策等方面。在社会学和社会政策领域取得显著的学术成果。

释文

岳兵先生英鉴:

手教附件奉悉,乐及菲薄,以欣以愧,彼时倘能抽身,自当躬与其盛,待商之大林兄,再作定夺。

旧诗与正统书法,乃我国艺文中最博大精妙者,百余年来劫难重重,广陵散将成绝响。久居洋场,乍睹贵会[①]之名,不觉耳目一新也。

耑复并颂

春祺

愚德光敬复

二.廿七

---

① “贵会”是指1991年新成立的新昌县唐诗之路研究开发社,竺岳兵先生任社长。——编者注

0000051

岳兵先生英鉴：

承友附件手惠，常度
菲一對，以攷以愧，彼時尚
[illegible]袖身，自當形與其盛
待商之，杏林之，再作安寧。
賓詩與畫，統書法，乃
系圖藝文中最傳之精妙
者，百年來刻難重之。

0000052

廣陵散將成絕響之
居洋場，不覲
青山之名，不覺耳目
一新也。
尚復，并頌
春禧
愚
德先敬復
二·廿七

张大林

张大林(1923—2017),画家。曾在新四军东江支队从事文化宣传工作。转业后先后任职于桂林市文学艺术界联合会、桂林市科学技术协会、桂林市园林局等单位。致力于文化艺术的普及和推广,培养了一批绘画艺术人才。大型油画作品《桂北大会师》《漓江夜景》分别收藏于广西美术馆和桂林美术馆。

释文

岳兵：

3.10 来信收到。

你谈到“唐诗之路”的抽象思维——“路”的形成和理解，使我茅塞顿开，怪不得刘振娅和你虽不见面，却很欣赏你的思路和开拓精神。

你谈到这个“路”字，使我联想到两条建议：

一、根据唐代诗人（名不见经传者除外）的行踪、主要创作的所在地，画一张示意（地）图，这样，你的“路”就更具形象性，可在大会上应用，更有说服力。

二、把有关资料输入计算机，或形成人名、地名、年代、主题、题材等，变成软件，寻求“路”的结论，使社会科学与自然科学相结合，为社会科学研究科学化积累经验。这是努力方向。

你善于积累资料和掌握数据，若应用到计算机上，前途无量。

不要让我担任什么“领导职务”，甚至挂名也不要，如开始形成气候，我来具体做些工作，干一两年，从中学习和助你一臂之力，使我学习上稍有所得就不错了。

你说想请国家旅游局长刘毅为“本社”（何所指？）名誉社长。我认为，一个团体，搞出了成绩，有一定的知名度，他们才肯挂衔的。目前不能着急。即许通过一定关系找到他，他一谢绝，以后倒不好办。

我到杭州可能在四月底或五月初，因上海一位老朋友偕夫人要在四月底来桂林，我要接待（住在我家——张苏予）。

那幅字我要构思,你能为我找到“剡中”一带的风景照片和有关资料吗?

即祝

好

大林

91.3.19

0000179 91.3.19

岳兵：

3.10.来信收到。

你谈到"唐诗之路"的构想思路——"路"的形成和理解，使我茅塞顿开。你不停地挖掘和修改不足面，都体现学者的思维和开拓精神。

你谈到这个"路"字，使我联想到两条建议：

一、根据唐代诗人（唐以后诗人除外）的行踪、主要创作的所在地，画一路示意（地）图。这样，你的"路"就更具形象性，可在大会上应用，更有说服力。

二、把有关资料输入计算机，我们对人名、地名、年代、主要、题材等，要对照、寻出"路"的依据，使社会科学与自然科学相结合，为社会科学研究科学化积累经验。这是努力方向。

你善于积累资料和掌握数据，若应用到计算机上，前途无量。

不要让我担任什么"顾问职务"，甚至挂名也不要。如开始形成了条件，我来具体做些工作，干一两年，从中学习和助你一臂

4036.90.12

0000130

使我得以上

之力，稍有所得我不胜感激。

你说要请国家旅游局长到嵊县，“东北”（指你所搞的）看看，我认为一个国家旅游局长，有一定的层次，他们才肯接待的，目前不能着急，即使通过一定关系请到他，也一样的，以我们不相办。

我们杭州可能在四月底或五月初，同上海一位老朋友偕夫人要在四月底来杭州，我要接待（他在我家一住东京手）

那幅字我要构思，你能否将我们“剡中”一带的风景照片和有关资料寄我。

即祝

好

江大权

向夫人问好。

91.3.17.

4036.90.12

张清华

张清华，1936年生，河南省社会科学院研究员、韩愈研究所所长。多年来一直从事中国古典文学的研究，出版著作有《清忠谱校注》《王维诗选注》《王维年谱》《韩学研究》等。

释文

岳兵兄大鉴:

六月三日手书尽悉,见书中所示,弟与兄年相若,而长弟一岁,理当为兄了。既然兄已允肯弟,以后也就不敢客气了。我与振娅交往已久,且家在一地,是相互了解的。弟虽于六〇年即在大学执教,后又到研究部门,一因个人天赋不高,二因时不我遇,耽误太多,且精力分散。留大学教书前虽已教文学理论,并参与天津、河北高校文学理论教材的编写,后系主任说我古代文学底子较好,让我搞古代,且是元明清文学史,与提高课"古代戏曲史",故我早年出版的《清忠谱校注》与论文,大都是戏曲方面的。宋诗也较喜爱,唐代文学非弟所长,然唐代内容丰富,层次高,很有搞头,我又特别喜爱王维等人的诗,故社科院领导让我研究唐代,我便欣诺。近年来即搞了王维系列研究,今又应北大季镇淮先生之约搞起韩愈来,可见精力分散事则难成。兄搞唐诗之路研究真好,文章写得也好,如振娅言,有机会当亲临实地向兄取经。振娅多次来信说望我与兄相晤,弟也渴待,故想参与温州之会①,听兄讲兄已向主持会的先生讲让给我发通知,弟至今尚未接到,见兄此函来得这样快,想是还未曾发。当再烦兄了。切切。祝

撰安

清华

六月十一日

① "温州之会"是指1991年10月在温州举行的中国旅游文学研究会第五届年会。——编者注

0000074

第　页

岳兵兄大鉴：六月三日手书奉悉，见书中所示，弟与兄年相若，而长弟一岁，理当为兄了。既然兄已先肯弟以弟，也就不敢客气了。我与张娅家结缘已久，且曾在一起，是相互了解的。弟虽于六〇年即在大学执教，随又到研究部门，一因个人天赋不高，二因身体不能过胜任太多，且精力分散。留大学教书前虽已教文学理论，并参与天津、河北高校文艺理论教材的编写，后来主要从事古代文学，底子较好，让我教古代，且是元明清文学史，与提高深造。古代戏曲文学，故我早年出版的《清忠谱校注》与论文，大都是元明清方面的。宋词也较感兴趣，唐代

年　月　日

0000075

第　页

文字非弟所长，然唐代内容丰富，今后可很有搞头，我支持弟的意，爱王维等人的诗，故我科研领导让我研究唐代，非但能谐。近年来郑振铎王维资料研究，今又在北大季镇淮先生之间接搞辑纂集，可见精力分散于别种了。只搞唐诗之路研究，真好，文章写得也好，如张经言，有机会当观临宝地而足取经。据姐多次来信说要我去足相晤，弟也尚待，故想要与温州之会，听见讲是正由主持会的先生讲起信那发通知，弟至今尚未接到，见足此张年得这样快，想是还未曾发。当再烦足了。切切。祝

撰安

清华

年　月　日

罗宗涛

罗宗涛，1938年生，台湾政治大学教授兼中国文学系主任、中国文学研究所所长、文理学院院长。著有《敦煌变文用韵考》《敦煌讲经变文研究》《敦煌变文社会风俗事物考》《唐代俗讲的叙式》等。

释文

岳兵、如洋先生:

奉新昌县唐诗之路研究开发社通知及竺先生大作《剡溪是唐诗之路》,拜读之余,不胜钦佩之至。忆去年岁暮浙东之行,沿剡溪行,途经新昌,承热忱招待,至今犹铭感于心。我国山水,少有纯以自然景观而克享盛名者,多以自然与人文相结合,方得驰名遐迩,传声千世。今贵社把握此精神而欲有所开发,其成功将可预期。特不知具体计画(划)何似?将如何付诸实施耳?宗涛亟盼能早日落实,异日或将带领研究唐诗之研究生实地巡礼焉。再者,贵社有何须宗涛效劳之事,请示知。倘能力所及,自当略尽绵薄,共襄盛举也。

耑此　敬祝

时祺

罗宗涛敬上

辛未处暑[1]

---

① “辛未处暑”即 1991 年 8 月 23 日。——编者注

岳兵如晤先生：奉　新昌县唐诗之路研究开发社
通知，及　竺先生大作《剡溪是唐诗之路》、释读
之余，不胜钦佩之至。忆去年岁暮浙东之行、
沿剡溪行，途经新昌，承　热忱招待，至今
犹铭感于心。我国山水，少有纯以自然景观而
克享盛名者，多以自然与人文相结合，方得
驰名遐迩，传声千世，今　贵社把握此精神
而欲有所阐发，其成功将可预期。特不知

具體計画何似？將如何付諸實施耶？宗陽亟盼能早日落實，異日或將帶領研究唐詩之研究生實地巡礼焉。再者，貴社有何須宗陽效勞之事，請示知，倘能力所及，自當略盡棉薄，共襄盛舉也。

耑此　敬祝

時禧

羅宗陽　敬上

辛未處暑

吴熊和

吴熊和(1934—2012),古典文学研究专家。历任杭州大学中文系主任、人文学院院长,浙江大学中文系教授,兼任中国古代文学学会副会长、中国李清照辛弃疾学会副会长、中国宋代文学学会顾问等。一生致力于词学研究,建构自具特色的词学研究体系。长期师从一代词宗夏承焘先生,在唐宋词学方面取得了令人瞩目的成就。著有《唐宋词通论》《词学全书笺校》《唐宋词汇评:两宋卷》等。

释文

岳兵同志:

两函奉悉。新昌之行[①]承热情陪同,随处指点,谨此感谢。“唐诗之路”作为旅游线路来开发,需要多方面的论证,还需要交通、宾馆设施、报章宣传等各种条件的配合。此事目前方进入探讨酝酿阶段,必待多年之功才能有些眉目,相邻各县可先行起步,我们也当略尽绵力。

下半年百事丛集,来岁三四月亦复如此,孟(贵)县之会恕未能躬盛了。

匆此奉复即问

近好

吴熊和

八月廿九日

---

① “新昌之行”是指1991年8月中旬,由杭州大学校长兼浙江省社会科学院院长沈善洪和中文系主任吴熊和率领的“唐诗之路”考察团一行16人到新昌作了为期三天的考察。——编者注

杭州大学

0000073

岳兵同志：

函与书悉。新写了几本地情资料，随处指点，读此致谢。"在治之时"作为旅游衢州来说，需多方面的论证，还需要互通、实际调查，据主[illegible]待于今后条件的配合。此了国外方法进入探讨前，由于沿习，必须分别之功才能有些眉目。我们今后将会与你们联系起来，我们也当尽绵力。下半年可事如集，来山拔之四月朝发如此，至是之今然未能就此了。

匆此奉复即问

近好

陈桥驿

八月廿九日

校　址：杭州市天目山路　　电　话 24006（总机）　　电报挂号 9600

陈　述

陈述,1928 年生,曾任绍兴市文化局副局长、绍兴市文联常务副主席、《野草》杂志社社长。

释文

岳兵同志：

昨天参加“旅游业发展总体规划”论证，规划中有一节“专题旅游线路设计”，其中第4条便是“唐诗之路”，有200多字的阐述：“唐诗之路是一条文化品位很高的旅游线，线路上从绍兴市区出发，经上虞、嵊州、剡溪至新昌，通天台县。在这段线路上有鉴湖、会稽山、曹娥江、始宁墅、剡溪、大佛寺、沃洲湖等旅游区块。这里留下了200多位唐代诗人的诗作。唐诗在中国文学史上具有特殊地位，且对世界文学产生了深远影响，以唐诗之路为主题的旅游线路设计是可行的。需要注意的是，唐诗之旅虽然沿途遍布诗作，但是并非全为精品。当前应当选取最具精华、最脍炙人口并且贴近旅游区块实际的部分沿途进行编组整理，这是艰巨但深有意义的工作。”

旅游局这次规划是受市长委托搞的，比较慎重，规划制订得不错。论证会由分管副市长马忠参加并讲话。

另外，在文联听说你们曾经和他们联系挂靠问题，他们好像有困难。

我建议你们不如找旅游局挂靠，旅游局比文联有实力，何况这本来就是旅游开发的事情。旅游局里有一位你们新昌人张嘉兴，你们可以找找他，这次规划也是他为主参与搞的。

祝你们工作

顺利

陈述

1999年11月11日

0000054

绍兴市文学艺术界联合会

岳兵同志：

昨天参加"旅游业发展总体规划"论证，规划中有一节"专题旅游线路设计"，其中第4条便是"唐诗之路"，有200多字的阐述："唐诗之路"是一条文化品位很高的旅游线，线路上从绍兴市区出发，经上虞、嵊州、新昌，直达天台县。在这段线路上有鉴湖、会稽山、曹娥江、始宁墅、剡溪、大佛寺、沃洲湖等旅游区块。这里留下了200多位唐代诗人的诗作，唐诗在中国文学史上具有特殊地位，且对世界文学产生了深远影响，以唐诗之路为主题的旅游线路设计是可行的。需要注意的是，唐诗之旅虽然沿途遍布诗作，但也并非全是精品。尚需在当中选取最具特色、最能吸引人且又贴近旅游区块实际的部分

4628924 地址：绍兴市胜利路26号 电话：534850 541072 邮编：312000

0000055

绍兴市文学艺术界联合会

沿途进行修建栈道，这是艰巨但很有意义的工作。”

旅游局这次规划是受市长委托搞的，比较慎重，规划制订得不错。论证会由分管副市长马忠参加并讲话。

另外，在会上听说你们曾经去和他们联系挂靠问题，他们好象有困难。

我建议你们不如找旅游局挂靠，旅游局也很有实力，何况这本来就是旅游开发的事情。旅游局里有一位你们新昌人张嘉兴，你们可以找找他，这次规划也是他为主搞的。

祝你们工作顺利

陈武 1999年11月[illegible]

我后天就去南京女儿家了，请[illegible]回信了。又及

地址：绍兴市胜利路26号　电话：534850 541072　邮编：312000

吕槐林

吕槐林,1933年生,新昌浙东唐诗之路研究社名誉社长。任新昌县计委、经委主任及副县长期间,以多种形式联络全国大专院校和科研单位百余家,协作创办企业数十家。退休后致力于唐诗之路开发事业。

释文

岳兵同志：

昨天，梁忠祥同志正好在绍兴开会，你托之事我已对他讲了。希望你珍重自己的成就，以和善的态度，解决非学者所应该烦恼的问题。

这次国内外专家、学者对唐诗之路的考察，规模大，路程长，涉及的面广，专家学者们的年时(事)又高，负责接待和引路的同志必然十分辛苦，希望你集中精力，万万不能有任何疏忽。

顺致

敬礼

吕槐林

1991.11.14

0000012

浙江省绍兴市物资局

岳岳同志：

昨天，梁建华同志已赴杭在省里开会，你托之事我已对他讲了。希望你珍重自己的成就，以和善的态度，解决那些学者所交往中碰到的问题。

这次国内外专家、学者对唐诗之路的考察，规模大，路程长，涉及的面广，专家学者们的年龄高，只要接待和引路的同志做得十分辛苦，希望你集中精力，万万不能有任何疏忽。

此致

敬礼

吕槐林

1991.11.18.

金　涛

金涛，1937 年生，宁波大学教授、中国文化与传播系主任、中国文化研究中心主任。主要著作有《陆机集》，合著有《中国文学家大辞典·唐五代卷》等，主编有《柳宗元诗文赏析集》等。

释文

岳兵同志:

来信收悉。

王晚霞同志处我已回信给她解释了,也转达了您的意思,“天台”应改为“台州”。她要请专家去三门考察,是说明年会[①]后。我跟她说,明年会议既包括台州,就可以不必另行组织了。

遵嘱写了一段话[②],供参考。

上次寄来的代表名单关于我的介绍,后一行应改为“宁波大学教授、中国文化研究中心主任”。

董有华处已催过几次,至今未有结果。7月赴会前无论如何要请他搞出个结果来。

匆复。即颂

近祺!

金涛

5.27

---

① “明年会”是指1993年7月在新昌举行的“唐诗之路”学术讨论会。——编者注

② 详见附录。

0000038

宁波大学

岳兵同志：

来信收悉。

王晓霞同志处我已回信给她解释了，也转达了您的意思，"天台"应改为"台州"。她要请专家去三门考察，是说明年会后。我跟她说，明年会议既包括台州，就可以不必另行组织了。

道唐写了一段话，供参考。

上次寄来的代表名单关于我的介绍，后一行应改为"宁波大学教授、中国文化研究中心主任"。

董有华处已催过几次，至今未有结果。7月赴会前无论如何要请他拿出个结果来。

匆复。即颂

近祺！

金涛 5.27.

71—53×87.2

罗宗强

罗宗强(1931—2020),著名古代文学研究学者。南开大学教授,先后兼任中国唐代文学学会顾问、《文学遗产》编委、中国古代文论学会顾问等。致力于研究中国文学批评史和中国古代士人心态史。著有《李杜论略》《隋唐五代文学思想史》《玄学与魏晋士人心态》《魏晋南北朝文学思想史》等。

释文

岳兵同志：

唐诗之路学术讨论会一号通知悉。这是一次很好的活动。所拟经行之地，不惟为唐诗之极好胜地，且亦为自东晋以来中国山水文化之发生地，有大量历史文化的踪迹待发掘。

今夏有一个全国重点高校中文系主任会议在昆明召开，时间可能在八月。唐诗之路讨论会如能在七月初，则最好，这样就避免了冲突。匆匆，颂

安

罗宗强上

93.2.9日

第　页

岳兵同志：

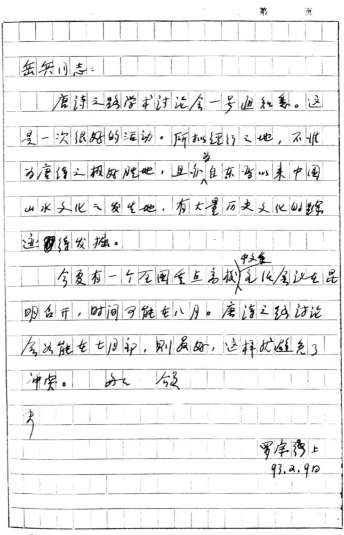

唐诗之路学术讨论会一号通知收悉。这是一次很好的活动。所拟进行之地，不惟为唐诗之极好胜地，且亦为自东晋以来中国山水文化之发生地，有大量历史文化的踪迹待发掘。

今夏有一个全国重点高校中文系文化会议在昆明召开，时间可能在八月。唐诗之路讨论会如能在七月初，则最好，这样就避免了冲突。　此致　敬

礼

罗宗强上

93.2.9日

15×20=300

陈允吉

陈允吉，1939 年生，复旦大学中文系教授、西北大学国际唐代文化研究中心宗教部兼职研究员、王维研究会会长。著有《唐音佛教辨思录》《佛教文学精编》《佛经文学粹编》等。

释文

竺岳兵先生大鉴:

天姥山麓唐诗之路研讨会两次通知,以及先生大著《剡溪——唐诗之路》均已奉收。承当厚意,心甚感诵。先生的论文广搜博讨,以大量事实说明剡溪唐诗之路与有唐一代诗人创作活动的密切关系,非惟说服力强,亦足以开出唐诗研究以往常为忽略的一个方面,读后获益特多。研讨会到时一定前往,不知经过大家商量具体日期定在何时,最好能在六月间通知我们。这次雅集实属先生等为与会者创造了一次聚会、切磋、旅游的极好机会,而会议的筹备工作又要费去先生等巨量心力,草草写上一笺,耑以奉致谢忱,并祈珍摄。

即颂

春祺

弟陈允吉拜启

1993.3.22

復旦大學 0000065

年 月 日

竺岳兵先生大鉴：

天姥山与唐诗之路研讨会两次通知，以及先生大著《剡溪——唐诗之路》的打印本收到。承蒙厚意，心甚感谢。先生的论文考核博洽，以大量事实说明剡溪唐诗之路与有唐一代诗人创作活动的密切关系，非常有说服力，并且以开出唐诗研究中经常为忽略的一个方面，读后获益特多。研讨会到时一定前往，不知会议大体日期定在何时，最好能在六月间通知我们。这次能集会实属先生等为与会者创造了一次聚会、切磋、交流的极好机会，而会议的筹备工作又要费去先生等的大量心力，草草写上一笺，亦以奉报谢忱，并祝珍摄。

即颂

春祺

陈允吉拜启

1993.3.22

地址：上海市邯郸路220号 电话：5492222 邮编：200433 第 页

罗联添

罗联添(1927—2015),台湾大学中文系教授。专研唐代文学,为台湾“中国唐代学会”之发起者。著有《韩愈传》《韩愈研究》《白居易散文校记》《唐代诗文六家年谱》等。

释文

岳兵先生：

承邀参加七月唐诗之路讨论会[①]，因事不克出席，有负雅意，甚以为歉。惠赠大作《剡溪——唐诗之路》拜读之余，甚佩卓见。继续努力，假以时日，必有成就。耑此奉陈。即颂

著绥

联添拜启

五.七

① 信中所说的“七月唐诗之路讨论会”于1993年在新昌召开。——编者注

0000044

臺灣大學中國文學系用箋

岳兵先生：承邀參加七月唐詩之路討論會，因事不克出席，有負雅意，甚以為歉。惠贈大作《浙東唐詩之路》拜讀之餘，至佩卓見。繼續努力，假以時日，必有成就。尚此奉陳，即頌

著綏

聯添拜啓 五、七

傅璇琮

傅璇琮（1933—2016），古典文史研究专家。曾任中华书局总编辑、国务院古籍整理出版规划小组副组长、清华大学中文系兼职教授、中国社科院文学研究所兼职研究员、中央文史馆馆员、新昌浙东唐诗之路研究社高级学术顾问等。长期从事唐宋文学研究及古典文献整理工作，担任《唐才子传校笺》《唐五代文学编年史》《全宋诗》《续修四库全书》《续修四库提要》等大型古籍整理类总集与丛书的主编。主要著作有《唐代诗人丛考》《唐代科举与文学》《唐诗论学丛稿》《李德裕年谱》《唐人选唐诗新编》等。

释文

一

岳兵同志:

闻知您正在编《专家学者论唐诗之路》,非常高兴,也甚为钦佩。浙江的唐诗之路,您是首倡者,经过几年的努力,已渐为国内外舆论界所注意。我认为这一倡议既有文化价值,又有经济价值,对推动浙江地区的经济进一步发展,会起有益的、日益明显的作用。

浙江素称人文荟萃之地。唐代有不少著名诗人往游,写下了不少名篇。实则在唐代之前,东晋时代,随着大批士族南下,浙江的经济与文化即得到很大的发展。《世说新语》中以极富诗意的笔调写戴逵夜游剡溪,又写山阴道上"秋冬之际,尤难为怀",千百年来,流传人口。我们现在读谢灵运的《山居赋》,写他在会稽修营别业,傍山带江,尽幽居之美,又叙剡江景色:"拂青林而激波,挥白沙而生涟",而浙东之山溪,又是"竹缘浦以被绿,石照涧而映红",真是美极了。可以说,晋宋至唐宋,浙东文化如同山水景观,于秀丽之中含质朴,于自然之中寓哲理。现在浙江的经济有很大起飞,我极希望浙江的文化有健康的发掘,这里就需要将传统文化与现代化建设相结合,需要有高层次的学术探讨,使区域文化的研究得到进一步开拓。我相信,今秋的天姥山麓学术讨论会必在这方面起到应有的作用。

不尽,谨候

近祺

傅璇琮

93.5.11

二

岳兵同志：

来信及浙江日报均已拜读，报导写得很好，更可见您为唐代文学事业，为家乡建设，贡献赤忱之心，实在难得。今年下半年我较忙，本月中下旬至苏州参加唐五代诗主编会议，十月初应郑州大学之请去河南，十一月应扬州大学之邀去参加博士生论文答辩，该月上旬还要参加九三学社全国代表大会（因我为九三中央委员）。故今年恐不能来贵处，或待明春如何？

暑安

傅璇琮

九七．九．九

0000095

岳兵同志：

来信及浙江日报均已拜读，报导写得很好，足可见您为唐代文学事业、为家乡建设，贡献赤忱之心，实在难得。

今年下半年我较忙，本月中下旬去苏州参加唐五代诗主编会议，十月初应郑州大学之请去河南，十月应扬州大学之邀去参加博士生论文答辩，该月上旬还要参加九三学社全国代表大会（因我为九三中央委员）。故今年恐不能来贵处，或待明春如何？

著安

傅璇琮

九七、九、九

三

岳兵同志：

启功先生题诗寄上，请检收。启先生自去冬以来患眼疾，握笔不易，但仍允我的请求，为浙东唐诗之路题诗，且于尊处寄以厚望，可见前辈大师之恢宏风度。下周我拟与古籍办公室同志去看望启先生，并送两盆好一些的花去。

嘱写碑文事，当作准备，如能写成，即当寄奉求教。不一，谨候

近祺

傅璇琮

99.2.3 夜

四

岳兵先生:

承寄赐新茶,谨谢。我于四月五日离开宁波,又至苏州、南京开会。在南京曾晤及郁贤皓先生,我们应江苏教育出版社之请,为其《唐诗画图册》提意见,并托郁先生与您联系,提供天姥山、剡溪等图片,不知郁先生已有信寄上否?或请便中与郁先生电话联系。

尊著《浙东唐诗之路》,最好能早日出版。第二本,鄙意以请郁先生作序为宜,这样就有几位唐诗专家为您作序,对书的影响也好。出版社如何选择,或请联系,您处能否得到经费补助?目前出版社一般都要有出版经费的。我当尽力协助,请放心。

谨候康泰

傅璇琮

2003.4.17

五

竺岳兵先生：

近好！今年4月10日的唐诗之路调研会上，我感到新昌县委县政府对唐诗之路事业仍十分重视，非常欣慰，但现在不知落实情况如何，烦请便中告知。

我的想法是：

第一，新昌县应该成为中国浙东唐诗之路的研究中心，不过现在的唐诗之路研究社是民办社团，不免有较大的局限，因此是否可以转变为党和政府直接领导的事业单位，这样，该单位就可引进、配备教授级(博导)专家，培育一批研究人才。

第二，原定于在三丰的研究场所，听说也遇到很大的困难。这当也是研究社为民办团体，力量单薄所致，所以我建议应由政府来建设。贵县如有现成的场所可迅速作为研究基地则更好。

第三，建议2013年贵县举办一次高级的影响深远的学术会议，这就可把浙东唐诗之路研究进一步推向新的高潮，使之成为新昌的驰名国际的品牌。本人为此一定会芹献绵薄之力。

以上意见请你向贵县领导汇报，并代我向贵县党政领导和宣传部领导问候。

此致

敬礼

傅璇琮

2012.6.7

背景

傅璇琮先生的大力支持与浙东唐诗之路事业的发展是密不可分的。据竺岳兵《傅璇琮先生与“浙东唐诗之路”》一文回忆,1991年5月,竺先生在南京师范大学举办的“中国首届唐宋诗词国际学术讨论会”会上宣讲《剡溪——“唐诗之路”》论文,当时主持会议的是郁贤皓教授,傅先生坐在主席台的左边。傅先生听着竺先生的演讲,两次端着竹壳热水瓶过来给他倒茶。傅先生是备受钱钟书、启功、程千帆等著名学人称赞的学者,竟给从“三家村”里来的竺先生如此荣遇,是何因缘呢?竺先生后来回味这件事,觉得这是傅先生对“唐诗之路”的一种肯定。

王晋光

王晋光，1950年生，香港中文大学中文系教授。主要研究方向为中国语言文学。其研究涵盖古代文学到现代文学等多个方面，包括对王安石的研究、对论语和孟子的解读，以及对高行健、郁达夫和王韬的评论。主要著作有《王安石论稿》《论语孟子纵言》《高行健郁达夫王韬论》《粤闽客吴俚谚方言论》等。

释文

一

岳兵先生大鉴:

迭奉五月十四、廿六日大札,并拜读大文《晋唐名人与沃洲山水》,十分感谢、佩服。浙东山水及唐诗乃天下二美,先生置身其中,多历年所,尤使人钦羡!邝健行博士、李锐清博士表示于下星期覆函。而拙荆因另有事务,不能赴会,甚为可惜。承先生厚爱,命晚写三百字论述唐诗之路,敢不遵命,惟待数天,另函寄奉。随函附呈表格一份,乞请编排。晚拟于七月十五日先赴南京,拜会郁贤皓教授,而后随郁先生乘车往浙——此乃晚平生第一次入浙省,会后自行购票离杭,计划大致如此,谨此奉达。

并颂

夏祺

晚王晋光拜

九三年六月四日

0000039

THE CHINESE UNIVERSITY OF HONG KONG 香港中文大學

SHATIN · NT · HONG KONG · TEL.: 609 6000 / 609 7000
TELEGRAM 電報掛號：SINOVERSITY
TELEX 電訊掛號：50301 CUHK HX
FAX 圖文傳真：(852) 603 5544
香港新界沙田・電話：

Our Ref :

Your Ref :

岳兵先生大鑒：迭奉五月十四、廿六日大札，並拜讀
大文「晋唐名人与沃洲山水」，十分感謝、佩服。浙
東山水及唐詩乃天下二美，先生置身其中，多歷
年所，尤使人欽羡！鄺健行博士、李銳清博士表
示於下星期覆函。而拙荊因另有事務，不能
赴會，甚為可惜。承先生厚愛，命晚寫三百字
論述唐詩之路，敢不遵命，惟待數天，另函寄奉。
隨函附呈表格乙份，乞請編排。晚擬於七月五
日先赴南京，拜會郁賢皓教授，而後隨郁先生
乘車往浙——此乃晚平生第一次入浙者，會後自
行購票離杭，計劃大致如此，謹此奉達。並頌
夏祺

晚 王晉光 拜
九三年六月四日

二

岳兵先生:

浙东之行,蒙先生热情接待,照顾周到,非常感谢。先生于唐诗素有研究,沿途指出诗人活动故地,尤使人佩服,并大开眼界。

自绍兴至宁波,文化遗迹极多,且风景优美,既能吸引文化界人士,亦能适合一般人士度假休憩的要求,确实可以开发为旅游区。惟交通与设施似乎未达国外一般水平,此点可能成为最大障碍。

奉上照片数幅。其中一幅请转交吕槐林先生,并代转达谢意,另两幅请转交令侄女(?),亦表谢意。顺祝
研安

晚王晋光敬上

1993.7.29

李锐清

李锐清，香港中文大学中国语言及文学系教授，主修中国文学。留学日本期间，尝搜讨丛书之遗漏，编成《中国丛书综录补遗》。著有《〈沧浪诗话〉的诗歌理论研究》等。

释文

竺社长座右、敬启者:

自剡溪一别[①],至今月余,本欲即日修函致谢接待之劳,唯晚有远行,至八月底始返港,加以大学课务繁忙,故延误至今,不情之处,尚祈原宥!又寄来之《总结》亦已收讫。前曾托王晋光博士寄上照片,可收到否?

此颂

日祉

后学李锐清

九月十七日

① 李锐清先生参加了1993年7月18—22日在新昌举行的唐诗之路学术讨论会。——编者注

竺社長座右：敬啟者，自剡溪一別，至今月餘，本欲即日修函致謝接待之勞，唯晚有遠行，至一月始返滬，加以大學課務繁忙，故延誤至今，不情之處，尚祈原宥。文寄來之文總結亦已收訖，前曾托王晉光博士寄上照片，可收到否？此頌

日祉

後學

李悅濤　九月十日

王运熙

王运熙(1926—2014),复旦大学教授、中国语言文学研究所所长。致力于中国古典文学和文学理论批评,尤长于六朝、唐代文学和《文心雕龙》的研究。著有《六朝乐府与民歌》《汉魏六朝唐代文学论丛》《文心雕龙探索》等。

释文

岳兵先生：

九月七日大札收悉。

大作《李白东涉溟海行迹考》一文，日前拜读一过，确是一篇不可多得的力作。文章见出您对李白作品读得十分细致，对沃洲、剡溪一带地理情况十分熟悉。它不但对李白生平及其修仙学道行为的理解大有帮助，而且对唐代文人和沃洲山水的关系也作了明白的阐述，对唐诗研究很有裨益。总之，它是一篇有创见、有启发性的佳作。至于一些具体时间、地点的解说，我因在这方面没有深入研究过，只觉得大作言之成理，但很难在某些分歧问题上作出判断。

大作第239页说郦道元曾去过沃洲。按郦为北魏人，生平未到南方，《水经注》所载南方水道情况，大抵是根据南人的一些地理志改写的(如写“三峡”一段，即据盛弘之《荆州记》)。不知您曾否看到过郦氏到过南方的记载？又大作引用旧时诗文记载，有时还可具体一些。如239页，提到唐人李冶、许浑、李嘉祐等人的诗句，最好能举出篇名。240页，把《上安州裴长史书》简化为《上安书》，恐亦不妥。又引用资料出处，最好能尽量引用原始的、时代早的，这样科学性更强些。如注释③④引用今人所编《历史地图集》、《地名大辞典》，似改用李吉甫《元和郡县志》、《两唐书》及《地理志》为好。这些都是枝节问题，近乎吹毛求疵，仅供参考。

大札提出大作论李白，有些看法与某些专家不同，我想这很好。学术上有不同意见，应当展开讨论，不必对专家、权威有所顾虑。只要根据充分材料，言之成理，不意气用事，就好了。

顺颂

秋安!

王运熙

1993.9.23

大作把"东涉溟海"句中的"溟"释为剡中(232页),固然提出一些证据,觉说服力还不够。溟,一般指海。"东涉溟海",似泛指东游绍兴、剡中一带浙东滨海地区。杜甫《自京赴奉先(县)咏怀五百字》"辄拟偃溟渤",与李白《天台晓望》"直下见溟渤",溟渤似均泛指大海。请酌。不过,这一论点尽管还可商,也不影响大作整体价值。又及

0000057
复旦大學
FUDAN UNIVERSITY
SHANGHAI
PEOPLE'S REPUBLIC OF CHINA

岳兵先生：

九月七日大札收悉。

大作《李白东涉溟海行迹考》一文，日前拜读一过，确是篇不可多得的力作。文章见出您对李白作品读得十分细致，沃洲、剡溪一带地理情况十分熟悉。它不但对李白生平及修仙学道行为的理解大有帮助，而且对唐代文人和沃洲山的关系也作了明白的阐述，对唐诗研究很有裨益。总之，这是一篇有创见、有启发性的佳作。至于一些具体时间、地点的说，我们在这方面没有深入研究过，只觉得大作言之成理，很难在某些分歧问题上作出判断。

大作第239页说郦道元曾去过沃洲。按郦为北魏人，未到南方，《水经注》所载南方水道情况，大抵是根据南人的地理志之文写的。（如写"三峡"一段，即据盛弘之《荆州记》。）不知有否唐以前郦氏到过南方的记载？又大作引用旧时诗文记载，还可具体一些。如239页，提到唐人李冶、许浑、李嘉祐等人的诗最好能举出篇名。240页，把《上安州裴长史书》简化为《上安书》亦不妥。又引用资料出处，最好能尽量引用原始的、时代[illegible]样科学性更强些。如注释③④引用今人所编《历史地图集》

名大辞典》，似改用李吉甫《元和郡县志》、《旧唐书·地理志》为好。这些都是枝节问题，近乎吹毛求疵，仅供参考。

大札指出大作论李白，有些看法与某些专家不同。我想这很好。学术上有不同意见，应当展开讨论，不必对专家、权威有所顾虑。只要根据充分材料，言之成理，不意气用事，就好了。

顺颂

秋安

王运熙
1993.9.23.

大作把"东涉溟海"句中的"溟"释为剡中(2322)，固然提出一些论据，但说服力还不够。溟，一般指海。"东涉溟海"，似仍指东游越州、越中一带浙东南滨海地区。杜甫《自京赴奉先咏怀五百字》"辄拟偃溟渤"与李白《天台晓望》"直下见溟渤"，溟渤似均泛指大海。请酌。不过，这一论点尽管还可商，也不影响大作整体价值。

又及

戴伟华

戴伟华，1958年生，历任扬州大学文学院教授、广州大学人文学院教授。研究领域包括唐代文学、地域文化与文学、文化生态与中国古代文学等，著有《唐代使府与文学研究》《唐代文学综论》《唐方镇文职僚佐考》《文化生态与中国古代文学论丛》等。

释文

尊敬的竺先生:

您好!

一号通知已收到,谢谢您能给后学一个学习的机会。

本次提交的论文是多年来考虑的一个问题,试图通过浙东观察使府文人创作的分析,阐明唐代浙东诗歌的特点。

现寄上拙作《唐方镇文职僚佐考》,请您批评。并请查收。

前年在厦门参加唐代国际学术会,收获很大。我非常珍惜这一次先生给予的机会。

再次感谢。

谨颂

文安

后学　戴伟华上

94.4.6

0000052

尊敬的竺先生：

您好！

会议通知已收到，谢谢您给后学一个学习的机会。

本次提交的论文是多年来考虑的一个问题，试图通过浙东观察使府文人创作的分析，阐明唐代浙东诗歌的特点。

论文暂上标作《以诗才能文职僚佐考》，请您批评。并请查收。

前年在厦门参加唐代国际学术会，收获很大，我非常珍惜这一次先生给予的机会。

再次感谢。

谨颂

文安

后学戴伟华上
94.4.6.

朱金城

朱金城(1921—2011),曾任上海古籍出版社编审、河南大学兼职教授、中国李白研究会副会长、《李白学刊》主编等。主要从事唐代文史的研究和古籍整理研究。著有《李白集校注》《白居易年谱》《白居易研究》《白居易集笺校》等。

释文

岳兵同志：

唐代文学学会第七届年会第一号通知[①]已收到。剡中风物，向往已久，数年前，贤皓曾两度相约作新昌之游，均因故未能成行，引以为憾。及审阅《中国李白研究》中大著《南陵考辨》等稿，甚佩用功之勤，诚如孙望先生函中所云“您在新昌县城能找到如许资料，写出如许论文，是难能可贵的”。《剡溪——唐诗之路》大文已仔细读过，引证详博，发前所未及，必为“唐诗之路”之重建作出贡献。我们神交之久，有机会当晤面畅叙。回执寄回。专复　即颂

春祺

朱金城顿首

四月十二日

① 中国唐代文学学会第七届年会暨唐代文学国际学术讨论会于1994年11月在新昌召开，“第一号通知”于是年4月寄出。——编者注

上海师范大学　0000006

SHANGHAI NORMAL UNIVERSITY.

岳兵同志：

[illegible]。对中[illegible]，[illegible]未能成行，引以为憾。[illegible]

[illegible]

专此即颂

春祺！

朱易安(?)上

四月十二日

韩理洲

韩理洲，1943年生，西北大学中文系教授、国际唐代文化研究中心主任，西安交通大学人文学院兼职教授。主要著作有《唐文考辨初编》《陈子昂研究》《王无功文集五卷本会校》《全隋文补遗》等。

释文

竺先生足下：

金陵幸会虽已越五载，然尊容声语，犹在耳畔。同室相居，倾心漫谈，情义深长，有如大江之不息。兄今勉力为唐代文学学会筹划，海内外学人无不感激贵地与学兄；文化学术史亦将铭载贵处之大功。谨祝筹备工作顺利。

安旗先生处我再工作，不过她多年不出外，恐难成行。另，漳州师院中文系王春庭教授欲来参加会议，他研究韩柳文，成绩斐然，烦劳便中向他发一请函，不知可否？

耑颂

大安

学弟韩理洲叩拜

一九九四年四月十八日

0000026

竺先生足下：

金陵聚会，瞬已越三载，然尊容声语，犹在耳畔。同室相居，倾心深谈，情义深长，有如大江之不息。兄今勉力为历代文学学会筹划，海内外学人无不感激兄与学兄；文化学术史亦将铭载吾兄之大功。谨祝筹备工作顺利。

安旗先生处我再工作，不过她身体不出外，恐难成行，另，漳州师院中文系王春庭教授欲来参加会议，他研究韩柳文，成绩斐然，烦劳便中向他发一请函，不胜感荷。

此颂

文安

学弟　韩理洲　叩拜
〇九年四月十日

莫砺锋

莫砺锋,1949年生,南京大学人文社科资深教授、南京大学中国诗学研究中心主任,现为江苏省古代文学学会名誉会长、江苏省文史研究馆馆长。长期从事中国古代文学与中华优秀传统文化研究,著有《江西诗派研究》《杜甫评传》《漫话东坡》《莫砺锋诗话》等,在各学术期刊发表论文百余篇。

释文

一

岳兵先生：

大札奉悉，遵嘱补写二百字[①]寄上，不知妥否？代表名单[②]已阅无误。深佩先生工作之细致认真！罗宗涛先生等来宁事已与周先生商妥，届时请罗先生提前几日通知我们即可，锋当尽迎候陪送之责。

余不多述，顺颂

时绥！

莫砺锋

5.21

① 详见附录。

② “代表名单”是指参加1994年11月在新昌举行的中国唐代文学学会第七届年会暨唐代文学国际学术讨论会的与会人员名单。——编者注

二

岳兵先生:

大作[①]收到,拜读一过,亟佩精审,虽未能说已为此诗作出定论,但至少是提出了一种极有价值的解说。对于万口传诵的名篇,做到这步洵非易事,文中有些论点如 p. 8 谓"越人",指谢灵运,很有说服力。说排挤李白者为李林甫,也很合理。如此再能加强论证,提出确据,则为李白研究之一大突破也。锋虽喜读李诗,但素无研究,只能就读大作之感想提出数端,刍荛之见,仅供参考:

一,p. 3 论"连天向天横"句,似过于强调"横"非"高"这层意思,其实古人说"横空",本意固为横越天空,但"高"之意即在其中,即以此诗而言,"拔五岳"、"掩赤城",亦有"高"之意在。锋以为大作不必执着于此点,而可以把话说得委婉、圆转些,以免引起太多异议。其实这一层意思在文中并不太重要,说天姥既横亘又高耸,并不影响下文的论证。

二,p. 7 谓"影"指谢公,可商。"湖月照我影","影"与"我"相连,若释影为谢,则于句义欠妥。

三,p. 10 称"仙之人"为唐玄宗与李林甫,锋以为既称"仙之人列如麻",则为数甚多,不妨泛解作许多王公贵人,亦即长安城中那群令太白反感之群体,其中包括玄宗、林甫,但不必太落实。

其它还有个别字句似需润饰,如 p. 4"谢灵运是……的人,常

---

① "大作"是指竺岳兵先生于 1994 年中国唐代文学学会第七届年会暨唐代文学国际学术讨论会的参会论文《〈梦游天姥吟留别〉诗旨新解》,竺先生会前求教于专家。——编者注

以谢自比”，第二句的主语应是李白，似需补上，以免误解，不赘述。

办会辛苦，祝愿一切顺利！

专此奉复，即颂

文祺！

莫砺锋

6.9

第　页

岳兵先生：

大作收到，拜读一过，至佩精审。尊考释说已为此诗作出定论，但至少是提出了一种极有价值的新说。对于万口传诵的名篇，做到这步，谅非易事。文中有些论点如P.8谓「故人」指谢灵运，很有说服力。说「抑称」李白者为李林甫，也很合理。如此再附加强论证，提出确据，则为李白研究之一大突破也。谭平素读李诗，但素无研究，只能就读大作之感想提出数端，多芜之见，仅供参考：

一、P.3论「连天向天横」句，似过于强调「横」作「拦」这层意思。其实古人说「横空」，本意固为横越天空，但「拦」之意即在其中。即以此诗而言，「横五岳」、「掩赤城」，亦有「拦」之意在。谭以为大作不必执着于此点，而可以把话说得含蓄、圆转些，以免引起太多异议。其实这一层意思在文中并不太重要，说天姥既横且又高耸，并不影响下文的论证。

二、P.7谓「影」指谢公，可商。「湖月照我影」，「影」与「我」相连，若释影为谢，则于句义欠妥。

三、P.10释「仙之人」为贺知章与李林甫，谭以为既释「仙之人列如麻」，则为数甚多，不妨说解作许多王公贵人，亦即长安城中那群令太白反感之显贵们，其中也指知章、林甫，但不必太落实。

20×15=300　　910838·8910

0000069

第　　页

其它还有个别字句似需润饰，如页4「谢灵运是……的人，常以谢自比」，第一句的主语应是李白，似需补上，以免误解。不赘述。

办会辛苦，祝你一切顺利！

专此奉复，即颂

文祺！

莫砺锋

6.9

20×15＝300　　910838・8910

王晚霞

王晚霞,1931年生,曾任临海郑广文纪念馆馆长、《临海县志》副主编。主编有《郑虔传略》《广文博士郑虔》《郑广文祠集》等。

释文

竺岳兵先生大鉴：

五月二十六日来函收悉。

郑虔当年贬所——台州，天台至临海一线，是“唐诗之路”的后半段。杜甫哀郑虔诗：“老蒙台州去，遐泛浙江桨。履穿四明雪，饥拾猶（楢）溪橡。”一说猶（楢）溪即今天台欢溪。证知杜甫熟知此线，郑虔乃沿当年李、杜之线来台州。郑虔《丹丘寺》佚诗的发掘与考证，是唐诗之路研究之新意？欢迎各位专家经天台直达三门亭旁一探，意义非凡。拙见，供参考。

拙作《郑虔研究续集》（内含丹丘寺诗考）刊印成册，将于11月盛会上奉送与会专家人手一册，到时将有劳先生代发。上次奉上的“300”字论文提要，尚望统一编入年会资料。耑此敬复。

王晚霞上

1994.6.1

0000104

东方智力公司

竺岳兵先生大鉴：

五月二十六日来函收悉。

郑虔当年贬所——台州，天台至临海一线，是"唐诗之路"的后半段。杜甫哀郑虔诗："老蒙台州掾，泛泛浙江桨，覆穿四明雪，饥拾楢溪橡"，一说楢溪即今天台欢溪。足知杜甫熟知此线，郑虔乃沿当年李、杜之线来台州。郑虔《丹丘集》佚诗的发掘与考证，是唐诗之路研究之新意；欢迎各位专家经天台直达三门尊旁一探，意义非凡。拙见，仅供参考。

拙作《郑虔研究续集》（内含丹丘集诗考）刊印成册，将于11月盛会上奉送与会专家人手一册，到时将烦劳先生代发。上次奉上的"300"字论文提要，尚望统一编入年会资料。谨此致复。

王晓霞 上

2004.6.1.

张采民

张采民，1948年生，南京师范大学文学院教授。主要论著有《融合与超越——隋唐之交诗歌之演进》《心远集——中古文学考论》《忘筌·梦蝶——庄学综论》等。

释文

一

竺先生:

大作收到后,仔细地读了两遍。我个人认为大作从新的角度,对《梦游天姥吟留别》的主旨提出了新的见解,令人耳目一新,是一篇颇具新意的论文。尤其是揭示天姥山的文化底蕴及将“梦游”分为前梦(记寻找谢灵运芳踪的过程)和后梦(对供奉内廷生活的回忆)等部分都很有见地。从全文来看,分析细致深入,引证也翔实可靠,很有说服力,所提观点可以成立,至少可以作为一家之说。对这篇作品,我没认真钻研过,过去只是人云亦云而已,因此谈不出什么有价值的意见。如果一定要我对大作谈点看法,那就只好不顾深浅,班门弄斧了。①对天姥山“横”的特色的寓意与作品主旨的联系似说得不够清楚。②前梦与后梦之间有何内在联系?二者表现了李白思想的哪些方面?似应明确点出。③用相当多的篇幅探讨李白被逐的原因,于本文似略嫌枝蔓,当另撰文详论之。④个别句子不够通畅,如 p.5 倒数一、二行。另外,打错的字不少,应改过来。以上只是个人的一点浮(肤)浅的看法,不一定正确,仅供参考。

恭颂

夏安!

张采民

94.6.13

0000145

竺先生：

大作收到后，仔细地读了两遍。我个人认为大作从新的角度，对《梦游天姥吟留别》的主旨提出了新的见解，令人耳目一新，是一篇颇具新意的论文。尤其是揭示天姥山的文化底蕴及将"梦游"分为前梦（记寻找谢灵运游踪的过程）和后梦（对供奉内廷生活的回忆）两部分都很有见地。从全文来看，分析细致深入，引证也翔实可靠，很有说服力，所提观点可以成立，至少可以作为一家之说。对这篇作品，我没认真钻研过，过去只是人云亦云而已，因此谈不出什么有价值的意见。如果一定要我对大作谈点看法，那就只好不顾深浅，班门弄斧了。①对天姥山"横"的特色的寓意与作品主旨的联系似说得不够清楚。②前梦与后梦之间有何内在联

15×20＝300　　南京师范大学　910835

0000146
第 页

系?二者表现了李白思想的哪些方面?似应明确点出。③用相当多的篇幅探讨李白被逐的原因,于本文似略嫌枝蔓,当另撰文详论之。④个别句子不够通畅,如P5倒数一、二行。另外,打错的字不少,应改过来。以上只是个人的一点浮浅的看法,不一定正确,仅供参考。

恭颂

夏安!

张采民
94.6.13.

15 × 20 = 300　　南京师范大学　910835

二

竺先生：

您好！来信及大作收悉。大作《天姥山得名考辨》[1]一文，拜读数过。资料翔实，条分缕析，考证缜密，很有说服力。尤其是第三部分，提出“天姥”即“西王母”，证据充分，论证有力，几可成定论矣。大作极有学术价值，如发表，定会在学术界引起反响。

听说您近期打算来宁，不知哪天到？等见了再聊吧！

恭颂

大安！

张采民拜上

11.18

---

① 《天姥山得名考辨》系竺岳兵先生1998年所作论文，为1999年5月在新昌举行的“李白与天姥”国际学术研讨会暨中国李白研究会特别会议作准备，会前曾求教于专家。——编者注

徐 俊

徐俊,1961年生,曾任中华书局总编辑、总经理、执行董事兼党委书记,现任山东大学文学院全职特聘教授。主要学术方向为敦煌文学文献学及古籍整理出版研究。著有《敦煌诗集残卷辑考》《翠微却顾集》等。

释文

竺岳兵先生：

寄来年会1号通知及大札均收到，多谢。

会议回执奉上，请查收。论文题目，待稍后将论文提要一并寄奉。

大札所询诸书，据我所知，《全唐诗索引》和《先秦汉魏晋南北朝诗索引》均已无存书，两《唐书》和《帛书老子》可能有书。刚才我已将大札转本局邮购组，他们很快会给您去信的。过几天我再去查问一次，实在不行，我去买好邮奉也可。

此致

夏安

徐俊

94.7.4

0000056

竺岳兵先生：

寄来年会1号通知及大札均收到，多谢。

会议回执奉上，请查收。论文题目，待稍后将论文提要一併寄奉。

大札所询诸书，据我所知，《全唐诗索引》和《先秦汉魏晋南北朝诗索引》均已无存书。两《唐书》和《帛书老子》可能有书。刚才我已将大札转本局邮购组，他们很快会给您去信的。过几天我再去查问一次，实在不行，我去买好邮奉也可。

此致

夏安

徐俊 94.7.4.

孔庆信

孔庆信，岭南大学中国语言文化学系（原中文系）教授。20世纪80年代末，发起成立在韩华人教授联合会，并担任首任会长，积极推动在韩华人学者的学术交流与合作。2010年荣休，以兼职讲师的身份在研究生院教授中国文学与翻译课程，继续为学术事业贡献力量。

释文

竺岳兵先生道鉴:

谢谢您寄来的大作《剡溪——唐诗之路》,让我先睹为快,以此为缘,得与您相识,实感荣幸。待今冬赴贵处之时,必躬亲造访,再一次谢谢您的介绍。

即颂

撰安

孔庆信敬上

1994.7.27

000003

嶺南大學校文科大學中語中文學科
韓國 慶尙北道 慶山郡 慶山邑 大洞 214-1
Department of Chinese Literature
Yeoung Nam University
Gyeongsang Bug Do 632, Korea

竺岳兵先生道鑒：

謝謝您寄來的大作《剡溪—唐詩之路》，讓我先睹為快，以此為緣，得與您相識，實感榮幸。待今冬赴貴處之时，必親自造訪，再一次謝謝您的介紹。即頌

撰安

孔慶信敬上

1994.7.27.

周寅宾

周寅宾,1935年生,湖南师范大学中文系教授。研究领域主要为中国古代文学,著作有《南岳诗选》《李东阳集点校本》《古代小说百讲》等。

释文

竺岳兵先生：

您好！

关于唐代文学会议的三次通知均已收到。在5月26日通知中，还承蒙对我的论文选题《论方干的浙江山水诗》加以肯定，特表示衷心的感谢！现根据通知要求，将论文缩写成约300字的提要，先行寄上，请指正。

您的大著《剡溪——唐诗之路》，在海内外影响很大。今年6月《湖南日报》社办的《文萃》文摘报还摘录了您的大著，将"唐诗之路"与"丝绸之路"并提。现寄上该报剪报一份，以供纪念。

并祝

夏祺

周寅宾

1994年7月27日

湖南师范大学

0000046

竺岳兵先生：

您好！

关于唐代文学会议的三次通知均已收到。在5月26日通知中，还承蒙对我的论文送稿《论方干的浙江山水诗》加以肯定，特表示衷心的感谢！现根据通知要求，将论文缩写成约300字的提要，先行寄上，请指正。

您的大著《剡溪——唐诗之路》，在海内外影响很大。今年6月《湖南日报》社出的《文萃》文摘报还摘录了您的大著，将"唐诗之路"与"丝绸之路"并提。现寄上该报剪报一份，以资纪念。

并致

夏祺

周寅宾

1994年7月27日

18·0116—52　　第　　页

薛天纬

薛天纬，1942年生，历任新疆师范大学教授、副校长，西北大学国际唐代文化研究中心兼职研究员、华东师范大学兼职博士生导师、中国人民大学国学院特聘教授等。研究方向为唐诗及中国古代诗学，尤其侧重于李白研究，曾任中国李白研究会会长，长期担任《中国李白研究》主编及执行主编。主要著作有《李白诗解》《唐代歌行论》《李白唐诗西域》及《李白全集编年注释》(合著)等。

释文

岳兵先生:

秘书处所发的信,先后均收到。近又拜读了大作《〈梦游天姥吟留别〉诗旨新解》①,颇受启发。我有91年小文一篇,奉上求政,祈赐教。

“论文提要”按规定写成奉上。该文是今年上半年我为中国李白研究会委托裴斐先生主编的《李白与谢朓研究》一书所写,兹借来作为提交大会的论文。现距离开会尚有一段时日,如有可能,我将另就浙东“唐诗之路”的主题另撰一篇。

大会筹备工作任务繁重,办好这次会,是对唐代文学研究的重大贡献,大家都会感谢你为此而付出的辛勤劳动!

顺颂

文安

薛天纬顿首

8月6日

---

① 《〈梦游天姥吟留别〉诗旨新解》是竺岳兵先生于1994年11月中国唐代文学学会第七届年会暨唐代文学国际学术讨论会的参会论文。——编者注

岳兵先生：

秘书处所发的信，先后均收到。近又拜读了大作《〈梦游天姥吟留别〉诗旨新解》，颇受启发。我有91年小文一篇，奉上求政，祈赐教。

"论文提要"按规定写成奉上。该文是今年上半年我为中国李白研究会委托裴斐先生主编的《李白与谢朓研究》一书所写，兹借来作为提交大会的论文。现距离开会尚有一段时日，如有可能，我将另就浙东"唐诗之路"的主题另撰一篇。

大会筹备工作任务繁重，办好这次会，是对唐代文学研究的重大贡献，大家都会感谢你为此而付出的辛勤劳动！

顺颂

文安

薛天纬

8月6日

20×16=320　　新疆师范大学中文系　　第　　页

吕洪年

吕洪年(1937—2022),民俗学家。浙江大学人文学院中文系教授。曾任浙江省非物质文化遗产保护专家委员会委员。著有《江南口碑》《万物之灵》《浙江民俗简史》等。

释文

一

岳兵先生：

大作李白《天姥吟》诗旨新解已拜读。经你如此一解，全诗“意境”豁然开朗。中国古诗向来重视“意境”。所谓“意境”即作者心中之意与笔下景物之形有机契合。你抓住诗中“天姥连天向天横”的“横”字，可说是找到了解开这一千古之谜的钥匙。全文论析精到，引证周详，鞭辟入里，令人信服，令人赞叹！

十一月间的会议，有你这样的论文“做东”，交流起来话题也就多了。你不光忙于会务，还同时拿出象(像)样的论文，这是为我故乡争光！我希望此次会议能对“唐诗之路”的开发有实质性的推动，并使唐代文学研究在社会应用方面作出一个范例。

日前所寄论文提要第三小段中所举的实例请改为“《沃洲湖》等”(指新景观)。

您所托之事，尽力为之，但今年难度较大，没有把握！

匆匆即颂

暑安！

吕洪年

1994.8.8

0000057

岳兵先生：

大作李白《天姥吟》诗意新解已拜读。诚如您所说一样，全诗"意境"豁然开朗。中国古诗向来重视"意境"。所谓"意境"即作者心中之意与笔下景物之形有机契合。你抓住诗中"天姥连天向天横"的"横"字，可说是找到了解开这一千古之谜的钥匙。全文论析精到，引证周详，鞭辟入里，令人信服，令人赞叹。

十一月间的会议，有你这样的论文"做东"，交流起来话题也就多了。你不光忙于事务，还同时拿出高水平的论文，这是为我们做了表率！我希望此次会议能对"唐诗之路"的开发有实质性的推动，并使唐代文学研究在社会应用方面作出一个范例。

日前发的会议文稿第三小段中比举的实例请改为"《沃洲湖》等"（或指新景观）。

您此报之文，是力作，但字数难度较大，须作把握，

此致

敬礼！

吕洪年 1994.8.8.

二

岳兵先生：

惠书已收。承蒙寄赠会议照片一张，表示感谢。

在"李白与天姥"国际研讨会之前，我有一篇短文《天姥山到底在哪里》，刊于浙江文史研究馆出的《古今谈》1999年第1期，文中虽有小错，但与许尚枢商榷的主旨尚可取。今特将此文的复印件奉上，供你一哂。

我为此次会议另外撰有《从天姥山的闻名到李太白的梦游》一文，将刊于《浙江大学学报》人文社会科学版（明年第1期）。谨告。

我故乡举办此次盛会并以县政府名义在天姥山北麓树立雄碑，这是一件深得人心之事。这次会议开得成功，开得隆重，开得热烈，受到中外专家一致的好评，特别是"唐诗之路"的研究开发已成为故乡的政府行为，这是不寻常的。通过这次会议，新昌县的山水名胜作为唐诗之路的精华地段已得到确认。浙东名山天姥山地属剡东（今新昌境内）是自古就已明确的，今人的故意穿凿是站不住脚的。

希望《李白与天姥》论文集早日问世，并力求精心印刷，以传后世。

此致

敬礼

吕洪年

1999.7.2

于华夏大酒店

阎　琦

阎琦(1943—2024)，西北大学文学院教授，曾任中国唐代文学学会副会长兼秘书长、顾问等。专力于唐代文学研究，于李白研究、韩愈研究等用力尤勤，卓有建树，独著有《韩诗论稿》《韩昌黎文集注释》《李白诗选评》等，合著有《李白全集编年笺注》《李诗咀华》《李白诗集导读》《韩愈评传》等。

释文

一

岳兵先生：

七月十六日通知[①]及短函、所附大作均收悉、拜读。今年西安亢热，本月中旬我有山东兖州参加李白年会之行，赶写论文，挥汗如雨。然而，仍以极大兴趣阅读了您的大作，并对您的观点表示佩服。前人均没有注意到《天姥吟》一诗前半对谢公的景仰以及李白自拟谢公一节。由自拟谢公而想到谢公被戮，梦的前半与后半遂豁然贯通。我对大作的理解如此，亦不知探得底蕴否？

寄上浙东会议"论文提要"一份。论文题目与第一次所报不同，是为了适应会议要求更改的。

即此。祝

暑安

阎琦

8.12

① "七月十六日通知"是指1994年在新昌举行的中国唐代文学学会第七届年会暨唐代文学国际学术讨论会通知。——编者注

0000108

岳兵先生：

七月十六日通知及短函、所附大作均收悉、拜读。今年西安尤热，本月中旬我有山东兖州参加李白年会之行，赶写论文，挥汗如雨。然而，仍以极大兴趣阅读了您的大作，并对您的观点表示佩服。前人均没有注意到《天姥吟》一诗前半对谢公的景仰以及李白自拟谢公一节。由自拟谢公而想到谢公被戮，梦的前半与后半遂豁然贯通。我对大作的理解如此，亦不知探得底蕴否？

寄上浙东会议“论文提要”一份。论文题目与第一次所报不同，是为了适应会议要求更改的。

即此。祝

暑安

阎琦 8.12.

二

岳兵先生：

《诗路春风》及12日信收到。承奖。弟代唐代文学学会所拟贺词①，是"拉大旗作虎皮"，实不敢说"最高级权威"。话说回来，"浙东诗路"的确是一个文化内涵甚强的总结和归纳，而您的努力，筚路蓝缕的开创之功，也确是有目共睹的，目前所开展的诗路之旅，与以上两方面均有极大关系。所拟贺辞，不辱学会使命并为诗路少许增色，则感满足矣。

钱茂竹先生入会申请，已转有关人员，不日将寄去一张"登记表"。另，顺便告知，绍兴高师高利华君，以及临海数位，都是本会会员，阵容不谓不小。

顷接广西师大张明非先生信，她编《年鉴》，94—95辑尚缺新昌会议有关材料，尤其是本次会议的综述和开、闭幕讲话等。我已转告明非先生与您联系，您处若有现成资料，亦可径寄明非先生处。她的地址：广西桂林广西师大中文系，邮编541004。

即此。祝

时祺

阎琦

4.25

① "唐代文学学会所拟贺词"是阎琦先生1997年为新昌县唐诗之路研究开发社成立五周年所写。详见附录。——编者注

三

岳兵先生:

近好!承先生厚意,寄赠土仪,已经收到。十分感谢。无功受禄,止增愧疚。浙东地区的“唐诗之路”旅游,在先生不懈努力下,取得瞩目之成绩,令海内人士惊叹。此固然得浙东自然山水之助,得美不胜收唐诗之助,但若无如先生等有识且有毅力之人士之开拓,断无今日之成就。相信浙东“唐诗之路”的开发还会取得更大的成绩。

再次感谢馈赠。谨颂

时祺

阎琦上

07年3月8日

陈尚君

陈尚君，1952年生，复旦大学中国语言文学系教授、中国古代文学研究中心主任、任重书院院长，中国唐代文学学会名誉会长等。专治唐代文学与文献，主持修订点校本《旧五代史》《新五代史》《旧唐书》，著有《全唐诗补编》《全唐文补编》《唐诗求是》等。2024年8月出版《唐五代诗全编》，是积四十年之功编纂而成的唐诗研究的总结性著作。

释文

竺岳兵先生:

四月份已寄上论文提要,约五百字,恐不符合要求。今重写成三百字之提要,谨寄上,请以此为准。

《二十四诗品》为中外学界极重视的著作,拙文发前人所未言,相信为国内唐代文学研究方面近十来年中最重要的突破之一,在国外汉学界也会引起广泛关注,也必会给此次年会增加光荣。① 内容虽与浙东唐诗之路无关,但将这部伟大著作考定为浙江人所作,对浙江地方文献研究也极有意义。国内已有多家报社愿报道此文内容,我已答应在年会以后发消息,可同时讲到年会。此文全文三万二千字,已交《中国古籍研究》创刊号发表(明年可出)。为经费所限,不太可能再印其他论文。手边有关浙江唐代文学之论文尚有,但意义均不如此篇。同时再报一题,如"唐代浙江籍诗人考"之类,也可,但仅可备收论文集用,不拟打印携会。

上述可否,请赐告。

郁先生月初曾来舍下,告药厂经费仍未到位,不知可已解决了?

顺颂

道安!

陈尚君

8.21

---

① 《司空图〈二十四诗品辨伪〉》是陈尚君先生于1994年11月在新昌举行的中国唐代文学学会第七届年会暨唐代文学国际学术讨论会的参会论文。——编者注

0000014

竺岳兵先生：

四月份已寄上论文提要，约五百字，恐不符合要求。今重写成三百字之提要，谨寄上，请以此为准。

《二十四诗品》为中外学界极重视的著作，拙文发前人所未言，相信为国内唐代文学研究方面近十来年中最重要的突破之一，在国外汉学界也会引起广泛关注，也必会给此次年会增加光荣。内容虽与浙东唐诗之路无关，但将这部伟大著作考定为浙江人所作，对浙江地方文化研究也极有意义。国内已有多家报社联系报道此文内容，我已答应在年会以后发消息，可同时讲到年会。此文全文三万二千字，已交《中国古籍研究》创刊号发表（明年可出）。因经费所限，不太可能再印其他论文。手边有关浙江唐代文学之论文尚有，但意义均不如此篇。同时再报一题，如"唐代浙江籍诗人考"之类，也可，但仅可备收论文集用，不拟打印提交。

上述可否，请赐告。

柳先生月初曾来舍下，告前广经费仍未到位，不知可已解决了？

顺颂

近安！

陳尚君

8.21.

记得通知以8.25为限，临寄再检始知为8.15，已迟数日，请谅。

肖瑞峰

肖瑞峰,1956年生,历任杭州大学中文系主任,浙江大学人文学院副院长,浙江工业大学副校长、副书记等职。兼任中国韵文学会会长、中国宋代文学学会副会长等。主要从事唐宋诗词及海外汉诗研究。出版《晚唐政治与文学》《刘禹锡诗论》《中国文学简史》《日本汉诗发展史》等多部学术专著。

释文

岳兵先生：

大札及请柬奉悉，谢谢！

近期忙冗特甚。七月底刚审读完拙著《唐宋八大家文钞》之校样，则又着手联系拙著《刘禹锡诗论》的出版事宜，心劳心瘁之际，竟忘了寄奉会议论文提要的既定时限，务望匆罪！今遵命补上，敢烦指教！

大作《〈梦游天姥吟留别〉诗旨新解》已拜读，堪称独具只眼，新见迭出。

又，此前曾让在杭大校刊室工作的学生寄呈先生想要的校报二份，谅已寄达。

他不一一。即颂

著安！

萧瑞峰

94 年 8 月 29 日

00000849

岳兵先生：

大札及请柬奉悉，谢谢！

近期忙乱特甚。上月底刚审读完拙著《唐宋八大家文钞》之校样，即又着手准备拙著《刘禹锡诗传》之出版事宜。以事务繁忙之故，竟忘了寄奉会议论文摘要的规定时限，务请谅宥！今谨寄补上，敬烦指教！

大作《鹭洲吟稿》诗首新编已拜读，堪称独具只眼，新见迭出。

又，此前曾让在我校资料室工作之学生蔡生先生想写之校报通讯，谅已寄达！

余不一一。即颂

著安！

萧瑞峰 94年8月29日

葛景春

葛景春，1944年生，河南省社会科学院文学所古代文学研究室主任、研究员，从事唐诗和中国传统文化研究。兼任河南省古代文学研究会副会长、中国李白研究会副会长、中国杜甫研究会副会长兼秘书长等职。著有《李白思想艺术探骊》《李白与唐代文化》《杜甫与中原文化精神》等。

释文

一

岳兵先生:

您好!

一别就是数年,近来一切皆好吧?

听说您这次负责唐代文学研讨会的筹备组织工作,一定很忙,弟预祝这次大会能够顺利召开,并祝先生成功!

弟这次向先生有个小小的请求,是否先生能给弟发一个前去浙江参加唐代文学研究会的通知或邀请。弟对浙江新昌、天台等地情有独钟,只是没有机会前往,对于李白在国内其他地区的行踪,我基本上都去过,唯有浙江地区一直未有机会前往,是弟一生中最大的遗憾。若先生能够慷慨相邀,弟将非常感激。若对其他人来说,李白的新昌、天台之旅可去或可不去,对于弟来说,这次实地考察,却是十分重要,万望先生能够玉成此事。我曾给郁贤皓先生写过信,他说唯有先生有此生杀大权,因此,特向您写信请求。

弟最近又出版了《李白与唐代文化》一书,将向先生请教,若能与会,当面呈先生哂正。若不能与会,也将托人转呈先生。

敬祝

秋安!

葛景春敬上

94.9.12

二

岳兵兄：

新春佳节过得好吧！

新春已至，又过了一年。不觉鬓上白发又添了几根。岁月催人，焉得不老！

兄在春节前寄来的《李白与天姥讨论会专辑》已收到，印得很好，蒙兄收录拙文，非常感谢。上次有机会到新昌一游，给我留下了十分美好的印象，会后又与肇明先生一道游览了天台山，更是不虚此行。一路上写得几首小诗，现寄兄一笑，并请兄斧正。

听说兄已将我所写的条幅，拍成了照片，若能给我寄一张来，将是很好的留念，十分感谢。

欢迎兄到河南来玩。

敬祝

安好！

景春匆拜

2001.2.8

河南省社会科学院

0000140

竺兵兄：

新春佳节过得好吧！

新春已过，又过了一年。不觉鬓上白发又添了几根。岁月催人，岁月不饶：

兄在春节前寄来的《李白与天姥山讨论会专辑》已收到，印得很好，蒙兄收录拙文，非常感谢。上次有机会到新昌一游，给我留下了十分美好的印象，会后又与肇明先生一道游览了天台山，至今不能忘怀！一路上写得几首小诗，现寄兄一看，并请兄斧正。

听说兄已将我所写的条幅，拍成了照片，若能洗一张寄来，将是很好的留念，十分感谢。

欢迎兄到河南来玩。

敬礼

安好！

李春[illegible]

2001.2.8.

001908

王丽娜

王丽娜(1938—2018),国家图书馆参考研究部中国学研究员。著有《中国古典小说戏曲名著在国外》,合著有《中国与欧洲文化交流志》,主编有《中国文学百科系列》(海外研究部分)等,发表论文200余篇。

释文

岳兵老师:

您好!我接到《中国唐代文学学会第七届年会暨国际学术讨论会第一号通知》后,因为杂事太多,工作繁忙,能不能赴会一直定不下来。最近完成了傅璇琮先生分派给我的分编《中国诗学大辞典》海外研究部分的任务,馆里评职称工作也告一段落,其它工作已安排就绪,我想还是要参加浙东的这次盛会。我曾写过李白诗歌在国外、王维诗歌在国外、岑参高适王昌龄诗歌在国外、司空图二十四诗品在国外以及唐诗在世界文学中的地位等文章。《杜甫诗歌在国外》,是我多年想写的一篇长文,因为杜甫在国外的资料特别丰富,李、杜、王在海外名气大,影响深远,至今是海内外学者研究的中心人物,我的论文到开会时一定带上。

我从事汉学——中国学研究多年了,希望通过这次学术会,能够与海内外学者共同交流学术感观,以丰富个人的研究内容。非常感谢您(你)们提供我这次学习的好机会,不过这么晚才决定赴会,给您添了麻烦,很是抱歉。希望您百忙中抽暇尽快将第二号赴会通知、请柬寄给我,以便向北京图书馆负责人申报差旅费。

大著《剡溪——唐诗之路》已拜读,流畅的文笔,丰富的内容,剡溪的仙境,真令人神往啊!

专此顺颂

研吉!

北图参研部

王丽娜拜托

1994.9.25

岳兵老師：

您好！我接到《中国唐代文学学会第七届年会暨国际学术讨论会第一号通知》后，因为杂事太多，工作繁忙，能不能赴会一直定不下来。最近完成了傅璇琮先生分派给我的分编《中国诗学大辞典》海外研究部分的任务，馆里评职称工作也告一段落，其它工作已安排就绪，我想还是要参加这次盛会。我曾写过李白诗歌在国外、王维诗歌在国外、岑参高适王昌龄诗歌在国外、司空图二十四诗品在国外以及唐诗在世界文学中的地位等文章。《杜甫诗歌在国外》，是我多年想写的一篇论文，因为杜甫在国外的资料特别丰富，李、杜、王在海外名气大，影响深远，至今是海内外学者研究的中心人物，我的论文到开会时一定带上。

我从事汉学——中国学研究多年了，希望通过这次学术会，能够与海内外学者共同交流学术感观，以丰富个人的研究内容。非常感谢您们提供我这次学习的好机会。不过这么晚才决定赴会，给您添了麻烦，很是抱歉。希望您百忙中抽暇尽快将第二号赴会通知（请）寄给我，以便向北京图书馆领导人申报差旅费。

0000124

北京圖書館

大著《剡溪——唐诗之路》已拜读，流畅的文笔，丰富的内容，剡溪的仙境，真令人神往啊！

敬以颂颂

研安！

北图善本部
王丽娜　拜托
1994.9.25.

88．6　　　　北京白石桥路39号

周祖譔

周祖譔（1926—2010），厦门大学中文系教授、副主任，曾任中国唐代文学学会副会长。在古典文学研究领域取得了卓越的成就，编著有《隋唐五代文学史》，主编有《中国文学家大辞典·唐五代卷》《历代文苑传笺证》等。

释文

岳兵同志:

兹寄上论文提要一份,请检收。论文题目有变动,原报题目取消,请办理。

江华同志在浙江,今天才知道确切消息。我立即写了一封信,由叶之桦同志带呈江华同志。我估计,很有可能获得他的题词,时间恐怕会拖得晚一些。

筹办国际性的学术讨论会[①]是一件相当麻烦的事,我前年在厦门筹办会议时,会前十天忙得不曾合眼,深(生)怕出一点纰漏,在国际上造成不良影响,也影响我们国家的声誉。这一点,我想您是清楚的。

既然叫国际性会议,就尽可能按国际会议惯例组织讨论。关键是把讨论会组织好。论文要按性质相同或近似的分类,一般一组有四篇论文,一个上下午可讨论四组,即上午两组,下午两组,每一组都得事前确定一个主持人,海内外有影响的学者都得安排主持一次讨论。每篇论文作者报告论文内容,必须限十五分钟以内,决不能允许超过。最好每篇论文事前都确定一个评议人,由他对论文的优缺点作出评议。这个评议人必须是对这个作家或问题素有研究具有一定权威性的人物。他评议后,其他人可继续讨论,也可发表不同意见。一般说来,带理论性文章讨论时间可安排长一点,考证、资料性论文讨论时间可短一些。特别要注意人事方面,谁作主持人,谁作评议员,也有一个

① “筹办国际性的学术讨论会”是指1994年11月在新昌举行的中国唐代文学学会第七届年会暨唐代文学国际学术讨论会。周祖谟先生在本次大会上致闭幕词。——编者注

统筹安排，不使人有向隅之感。我上次安排原作（则）是：凡学会常务理事和海外有教授或高级讲师职称者都得安排主持一次讨论会，提供您参加（考）。此外，全体合影、重大宴会座次也得事前作必要安排，以防临时混乱并得罪某些人。与会者人名录最好不分国籍，一律按姓氏笔划（画）为序。87年汕头韩愈国际学术讨论会，人名录中把日本客人印在新加坡客人前面，导致新加坡客人大为不满。前车之鉴，不能不留意。其他值得注意的事尚多，无法一一呈述了。

草草奉陈，敬颂

文祺

周祖譔上

九月二十六日

0000030

岳兵同志：

兹寄上论文提要一份，请检收。论文题目有变动，原报题目取消，请办理。

江华同志在浙江，今天才知道确切消息。我立即写了一封信，由叶文桦同志带呈江华同志。我估计，很有可能获得他的题词，时间恐怕会拖得晚一些。

筹办国际性的学术讨论会是一件相当麻烦的事，我前年在厦门筹办会议时，会前十天忙得不曾合眼，深怕出一点纰漏，在国际上造成不良影响，也影响我们国家的声誉，这一点，我想您是清楚的。

既然是国际性会议，就只可能按国际会议惯例组织讨论。关键是都把讨论会组织好。论文要按性质相同或近似的分类，一般一组有四篇论文，一个上下午可讨论四组，即上午两组，下午两组，每一组都得事前确定一个主持人，海内外有影响的学者都得安排主持一次讨论。每篇论文作者报告论文内容，必须限十五分钟以内，决不能允许超过。最好每篇论文事前都确定一个评议人，由他对论文的优缺点作出评议。这个评议人必须是对这个作家或问题素有研究具有一定权威性的人物。他评议后，其他人可继续讨论，也可发表不同意见。一般说来，由于理论性文章讨论时间可安排长一点，考证、资料性论文讨论时间可短一些。特别要注意人事方面，谁作

0000031

主持人、评论员，也有一个统筹安排，不使人有向隅之感。我上次安排原则是：凡学会常务理事和海内外有教授或高级讲师职称者，都得安排主持一次讨论会，提供意见参加。此外，全体合影、盛大宴会席次也得事前作出必要安排，以防临时混乱并得罪某些人。与会者人名录最好不分国籍，一律按姓名笔划为序。87年汕头韩愈国际学术讨论会，人名录中把日本客人印在新加坡客人前面，导致新加坡客人大为不满。前车之覆，不能不留意。其他值得注意的事尚多，无法一一呈述了。

草草奉陈，敬颂

文祺

周祖譔上

九月二十六

陈耀东

陈耀东,1937年生,浙江师范大学中文系教授、古文献研究所所长。专力于唐宋文学、版本文献学研究。著有《唐代文史考辨录》《唐代诗文丛考》《陆游诗话》等。

释文

竺岳兵先生：

“浙东唐诗之路”被重新发现和开发，标帜（志）着唐诗研究的深入和发展，在唐诗学史上具有重大而深远的意义。

贵社自成立至今，历时三载有余，已日益显示出她的生命力和凝聚力。此次，您（你）们承办“中国唐代文学学会第七届年会暨唐代文学国际学术讨论会”这一壮举，足以证明“开发社”的壮志和魅力。我谨代表我校和个人，预祝

大会圆满成功！

“唐诗之路研究开发社”兴旺发达！

浙江师范大学中文系

陈耀东

94.10.22

附言：敬赠旧著《唐代文史考辨录》一册，并附寄向大会提交的打印论文一份（余则随身带来）。

0000004

浙江師範大學
ZHEJIANG NORMAL UNIVERSITY

竺岳兵先生：

"浙东唐诗之路"的首先发现和开发，标志着唐诗研究的深入和发展，在唐诗学史上具有重大而深远的意义。

贵社自成立至今，历时三载有余，已日益显示出她的生命力和凝聚力。此次，您社承办"中国唐代文学学会第七届年会暨唐代文学国际学术讨论会"这一壮举，足以证明"开发社"的魄力和能力。我谨代表我校和个人，预祝

大会圆满成功！

"唐诗之路研究开发社"兴旺发达！

浙江师范大学校长

陈耀东 94.10.22.

附言：

敬赠旧著《唐代文史考辨录》一册，并附奉向大会提交的打印论文一份（余则随身带来）。

地　址：金华市北山路　　电　话：341801　　电　挂：3800

程章灿

程章灿，1963年生，南京大学中文系教授、古典文献研究所所长、图书馆馆长。著有《魏晋南北朝赋史》《唐诗入门》《世族与六朝文学》等。

释文

岳兵先生大鉴:

新昌之会,承先生领导有方,圆满闭幕。同道等言及唐诗之路浙东山水无不感叹此行不虚。游石梁飞瀑与天台国清寺日,途次吟成绝句三篇;思平词拙,不敢题留,转思新昌东道盛情难酬,聊以钞录,以纪一时同游之乐也。耑此

即颂

大安

程章灿顿首上

94.12.10

第0000036页

岳兵先生大鉴：

杭州之会，承先生经营多方，周密周到，同道畅游唐诗之路浙东山水，无不感叹此行不虚。游石梁飞瀑与天台国清寺日，途次吟成绝句二首，思年词拙，不敢遽寄。读毕杭州同道盛情唱酬，聊以钞录，以纪一时同游之乐也。敬此

即颂

大安、

程章灿上

96.12.20.

15×20＝300　南京大学古典文献研究所

王　勇

王勇,1956年生,浙江大学亚洲文明研究院副院长、日本文化研究所所长,兼任中国海外交通史研究会副会长等。专事日本历史文化、东亚文化交流史研究,首创“书籍之路”理论。出版各类著作46部。

释文

竺岳兵先生惠鉴：

大札并高著拜悉。《剡溪——唐诗之路》一文甚见功力，唐诗研究历代名家辈出，史料发掘殆尽，增一字减一词已属不易，先生能立足地方，倡“唐诗之路”一说，为学界开一新生面，令人鼓舞，值得敬佩。大著容仔细阅读，日后再行请教。

6月20日承蒙向导，与野本先生实踏唐诗之路，浏览山水胜景，一草一木皆似诗，一石一宕尽成文，领略了剡溪的人文景观，对将来的开发寄予厚望。与先生虽相处短暂，但谈论甚洽，先生之儒雅博学可为吾辈之楷模。

7月中旬赴日短期讲学，29日刚回杭州，覆函迟缓，甚感抱歉。

有机会欢迎来敝处纵谈。

敬颂

时祺！

王勇

96.8.1

杭州大学日本文化研究中心 0000127

CENTER FOR JAPANESE CULTURE STUDIES OF HANGZHOU UNIVERSITY

竺岳兵先生惠鉴：

大札并高著拜悉。《剡溪——唐诗之路》一文甚见功力。唐诗研究历代名家辈出，史料发掘殆尽，增一字减一词已属不易，先生能于是地方，倡"唐诗之路"一说，为学界开一新生面，令人鼓舞，值得敬佩。大著当仔细阅读，日后再行请教。

6月20日，承蒙向导，与野本先生实踏唐诗之路，浏览山水胜景，一草一木皆似诗，一石一岩尽成文，饱览了剡溪的人文景观，对将来的开发寄予厚望。与先生虽相处短暂，但谈论甚洽，先生之儒雅博学将为青年之楷模。

7月中旬赴日短期讲学，29日刚回杭州，复函迟缓，甚感抱歉。

有机会欢迎来我处做客。

敬颂

时祺！

王勇

96.8.1

地址：中国杭州市天目山路34号　　邮编：310028
电话(TEL)：871224—2393　　传真(FAX)：

高　晔

高晔,1955年生,1986年入浙江省旅游局任文字编辑,参与调研、推广及策划等工作。退休后居家研读古典文史,热心书艺。

释文

竺岳兵先生台启：

近日省局刚刚召开了全省旅游宣传工作会议，俞剑明局长在会上做了有关市场开发的报告，其中对我省、主要是浙东的佛教之旅期望值甚高，认为将后发展的潜力甚大，要我们积极推广之。

在这之前，我已将前些时自拟的一份调研课题列目交处室并呈局领导，其中也包括了唐诗之路，即智者大师入天台线这一内容，看来领导已同意进行此项考察。我个人估计，此项工作明年元月可做，事后，该交出一份考察成果的报告。

我与先生相识时日不多，但相知甚深。我感念先生能以知遇的心情待我，能与先生进一步深交并向先生请教是我的心愿。

余不赘。此祝先生身体好

并

撰安

后学高晔拜白

一九九六年十一月廿二日

0000121

竺岳兵先生台启

近日省局刚刚召开了全省旅游宣传工作会议。苏剑鸣局长在会上做了旅游市场开发的报告。其中对我省主要是浙东的佛教之旅期望值甚高，认为将来发展的潜力甚大，要我们积极推广之。

在这之前，我已将前些时自拟的一份调研课题列目交宣传室并呈局领导，其中也包括了唐诗之路，即智者大师入天台路途一内容。看来领导已同意选列此项政策。我个人估计，此项工作明年元月可做。事后该交出一份政策性的报告。

我与先生相识的时日不多，但相知甚深。我感念先生能以知遇的心情待我。能与先生进一步深交并向先生请教是我的心愿。

余不赘，也祝先生身体好

并

握安

后学　方日东　拜白

一九九六年十一月廿三日

黄锦鋐

黄锦鋐,1922年生,台湾师范大学中文系教授、主任。创办"文心雕龙研究会",主编《文史》季刊,著有《庄子读本》《西汉之孔学》《魏晋之庄学》《日本之论语学》《庄子之文学》等。

释文

岳兵先生：

顷奉贵社社报第六期，拜读之后，始悉贵社已成立五周年，并已召开若干次大小会议，举国知名。因僻居海隅，未事先知悉，奉函致贺，深感愧疚。

浙东古为学术重镇，名家辈出，其文化曾传播朝鲜日本兮。

先生宣扬唐诗之路，启发诗人怀古之幽情，扩大浙东学术研究之范围，其功非鲜浅，可喜可贺。特驰函奉词，致庆贺之忱，承远道相赠报刊并致谢意。专此，顺请

台安

弟黄锦鋐拜上

三月二八日[①]

① 信中所写“贵社已成立五周年”，系 1997 年。——编者注

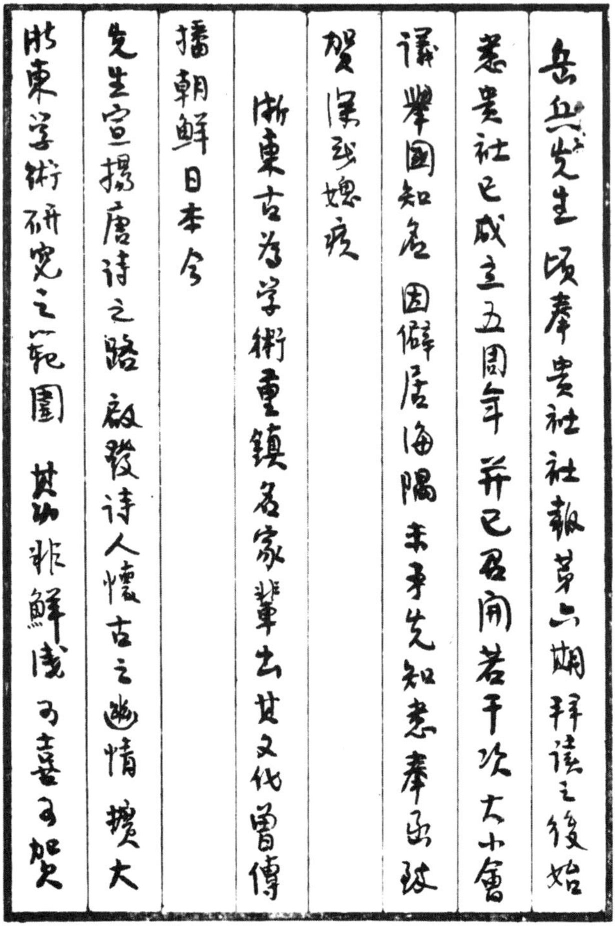
岳兵先生 頃奉貴社社報第六期拜讀之後始
悉貴社已成立五周年 并已召開若干次大小會
議 舉國知名 因僻居海隅 未予先知 悉奉函致
賀 深致愧疚
浙東古為學術重鎮 名家輩出 其文化曾傳
播朝鮮日本 今
先生宣揚唐詩之路 啟發詩人懷古之幽情 擴大
浙東學術研究之範圍 其功非淺 可喜可賀

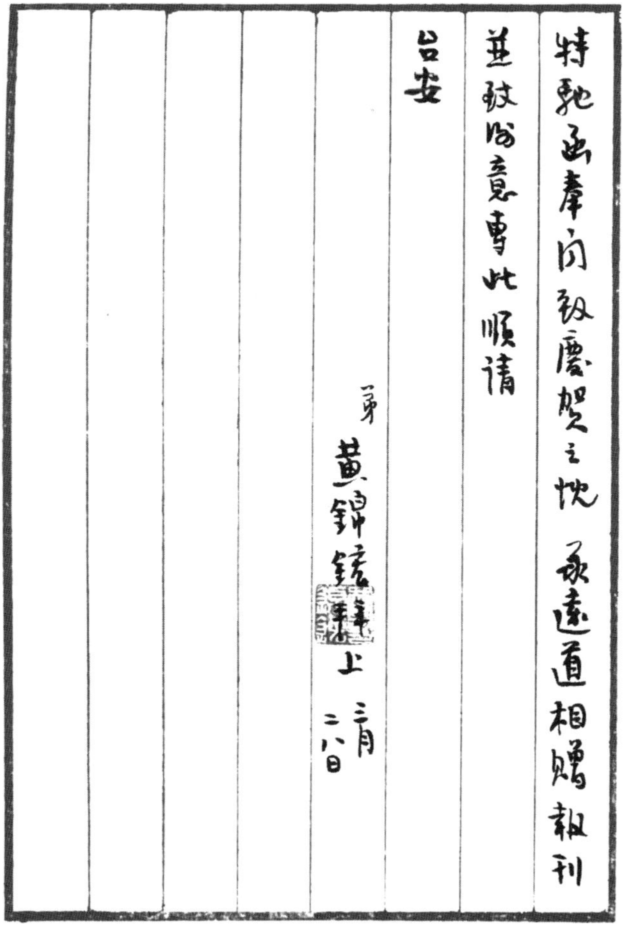
特馳函奉問致賀之忱　承遠道相贈叔刊
並致謝意專此順請
台安
弟
黃錦鋐上
三月
二八日

入谷仙介

入谷仙介(1933—2003),日本著名中国文学学者。曾任教于岛根大学、山口大学,为岛根大学名誉教授。著有《唐诗的世界》《西游记的神话学》《作为近代文学的明治汉诗》等。

释文

竺岳宾(兵)先生：

新昌一别，已过四年，先生不忘不才，音信不绝，感激感激。

我从今年三月挂冠悬车，退休田园，逍遥林泉，吟啸过日，而时常怀旧中华之游，就中尤挂念尤深是新昌唐诗之游。青山盘崛，碧流淙淙，天台赤城雄据(踞)，曹娥江水悠悠，令人有身在晋唐，交臂谢灵运、李太白(之感)。

若天贷我以寿，欲再游新昌，恣山水胜游。先生为我能作东道乎。

入谷仙介

1997.4.8

竺岳宾 先生

新昌一别，已过两年，先生不忘不才，音信不绝，感激感激。

我个人今年三月挂冠悬车，退休田园逍遥林泉，吟啸遣日。而时常怀旧中华之游，就中尤挂念尤深是新昌重诗之游。青山盘崛，碧流淙淙。天台赤城雄据，曹娥江水悠悠，真令人有身在晋唐，文儒谢灵运李太白。

若蒙天贷我以寿，欲再游新昌，恣山水胜游，先生为我能作东道乎。

入谷仙介

1997.4.8

李德超

李德超(1944—2008),台湾文化大学中文系教授。著有《诗学新编》《风木楼诗联稿》。

释文

岳兵先生大鉴启者:

弟顷间返校,始得接惠来三月间大函良□,尊函系用平邮寄出,遂致延误。弟当即奉读数过,知先生首倡浙东唐诗之路,又出版社报,已获友声,其对一方诗学之发扬,厥功甚巨。且闻浙东自昔人文荟萃,踵武先贤,必有后起,弟馨香祝祷焉。近者究心唐诗之学,又以籍属岭南,故亦好为粤东诗学之研究,故于先生所倡可谓同气相求,惟读贵刊诗路春风,偏重于介绍唐诗之路,倘能别辟园地纳入专题论文及有关浙东地区之优秀诗作,岂不可以增强学术意味。愚直之言,盼勿见罪,但想执事从无到有,固难能可贵矣。祝愿贵社日益发扬与时俱进,则不惟浙东一方之盛事,亦全国诗界之盛事也。耑复

并请

大安

弟德超手启

四月八日[1]

---

① 据信封邮戳,该信于 1997 年 4 月 14 日寄达新昌。——编者注

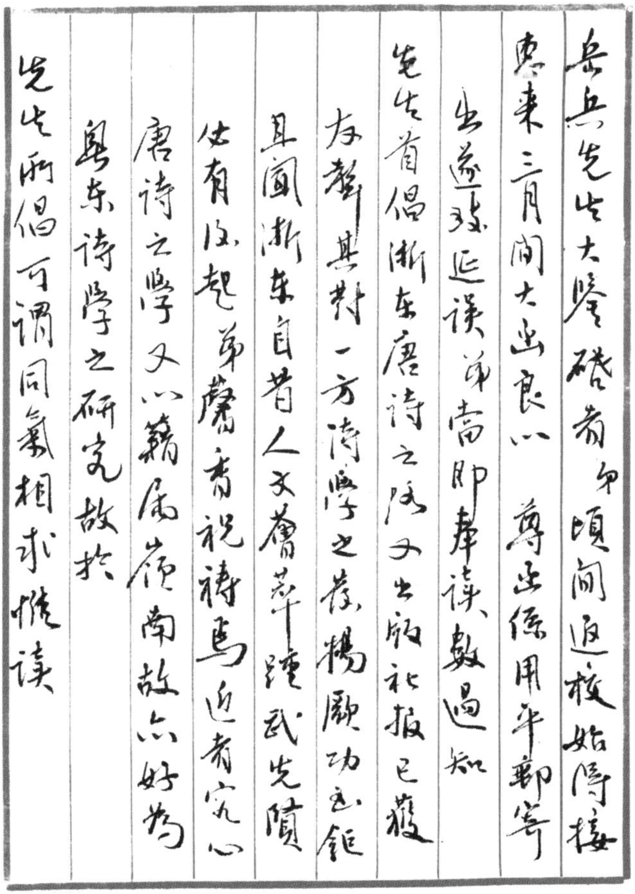

岳兵先生大鉴：睽者弟顷间返校，始得接
惠来三月间大函，良以
尊函系用平邮寄
出，途延误，弟当即奉读数遍，知
先生首倡浙东唐诗之路，又出版社报已获
存[illegible]，其对一方诗学之发扬，厥功至钜。
且闻浙东自昔人文荟萃，踵武先贤，
代有以起，弟靡有视诗焉，迩者究心
唐诗之学，又以籍属岭南，故亦好为
粤东诗学之研究，故于
先生所倡可谓同气相求，慨读

0000046

贵刊诗路春风偏重於介绍唐诗之路

倘能别辟园地纳入专题论文及有

关浙东地区之优秀诗作岂不可以增

强学术意味愚直之言幸勿

见罪但想

执事从无到有固难能可贵矣祝愿

贵社日益发扬与时俱进则不惟浙东一

方之盛事亦全国诗界之盛事也 专复

并请

大安

弟 陆超手启 四月八日

阮廷瑜

阮廷瑜（1928—2012），台湾辅仁大学教授、文史哲共同科主任。著有《高常侍诗校注》《岑嘉州诗校注》《李白诗论》《钱起诗集校注》等。

释文

岳兵先生大鉴:

顷接诗路春风第六期,拜读一过,得知唐诗之路研究开发社成立之沿革,艰辛备尝,钦佩无(不)已。郁贤皓、周勋初、傅璇琮诸先生曾于学术会议中相值,硕望贤声,久所仰钦。今社刊中载其大作,读来犹如面觌。名山自感名人赠,胜地犹怀胜会游。我出生于天台雁荡之间,温岭泽国人也,往来上海,曾经贵县。他日返乡,必寻沃洲湖山水之岑奇,并顺道晋谒鸿儒,以探求唐诗之路,乃生平之愿也。耑此奉复。即颂

台绥

阮廷瑜启

一九九七年四月廿日

岳兵先生大鑒：頃接

詩路春風第六期，拜讀一過，得知唐詩之路研究開發社成立之沿革、艱辛備嘗，欽佩無已。郁賢皓、周勳初、傅璇琮諸先生曾於學術會議中相值，碩望賢聲，久所仰欽。今社刊中載其大作，讀來猶如面覿。名山自感名人贈，勝地猶懷勝會遊。我出生於天台雁蕩之間，溫嶺澤國人也，往來上海，曾經貴縣。他日返鄉，必尋沃洲湖山水之岑奇，並順道晉謁鴻儒，以探求唐詩之路，乃生平之願也。專此

奉覆，即頌

台綏

阮廷瑜敬

一九九七年四月廿

娄世棠

娄世棠(1926—2024),擅长连环画、中国画和水彩画。1952年到中国幻灯公司北京幻灯制片厂从事幻灯、连环画编创工作,曾任北京文化艺术总公司编审。出版有《娄世棠画选》《娄世棠画集》及连环画册等,作品被多家美术馆、博物馆收藏。

释文

岳兵先生：

您好！

来信收到，兹寄上拙作一幅，请指教。

早闻大名，知先生研究、论证唐诗之路，成绩斐然，这不仅使世人了解它昔日的辉煌，而且对以后文化的繁荣和经济的腾飞起开路的作用，其影响是十分深远的。我作为家乡的一员，向先生表示敬意和感谢。

我近来常在京郊小住，迟复为歉。

此颂

时绥

娄世棠

（一九九七年五月三十一日）[①]

① 日期据该信信封邮戳。——编者注

《缘路春风》则未见寄来。

岳兵先生：您好。

大作信收到，兹寄上拙作一幅，请指教。

早闻大名，知先生研究、论证唐诗之路，成绩斐然，这不仅使世人醒悟它昔日的辉煌，而且对以后文化的繁荣和经济的腾飞起润滑的作用，其影响是十分深远的。我作为家乡的一员向先生表示敬意和感谢。

我近来常在京郊小住，迟复为歉。

此颂

时绥

姜世荣

黄丕谟

黄丕谟(1925—2015),当代中国杰出的版画家,国家一级美术师。曾任江苏省版画家协会副会长、南京市文联副主席、南京市美术家协会主席、新昌浙东唐诗之路研究社顾问等职。许多作品参加全国美展、全国版画展,1994年在新昌也举办过版画展。多次出访日本、美国进行艺术交流和讲学。出版有《黄丕谟水印版画集》《黄丕谟画展集》《木刻技法》及数部理论专著。

释文

一

岳兵先生:

您好。读了八月廿五日《浙江日报》董伯敏、张蔚蔚两位同志写的《唐诗之路与竺岳兵》一文,感慨颇多。首先是《浙江日报》编者慧眼独具,能坦然倡导精勤笃慎之风,殊为难得。其次,该文作者能在并不太长的一篇文章中,概括而集中地把您为着事业而刻苦忘劳的情景,跃然于纸上,亦非易事。"浙东唐诗之路"在海内外已有很大影响,支持这项事业的人也越来越多,我相信,它的前景是非常光明的。耑此

祝您今后作出更大贡献!

黄丕谟

一九九七.九.二于南京

0000032

岳兵先生：

您好。读了八月廿五日《浙江日报》董伯敏、张蔚蔚两位同志写的《唐诗之路与竺岳兵》一文，感慨颇多。首先是《浙江日报》编者慧眼独具，能捉住倡导精勤笃慎之风，殊为难得。其次，该文作者能在并不太长的一篇文章

南京市美术家协会

电话：7711074

910707.93.10

0000033

南京市美术家协会

中，概括而集中地把您为着事业而刻苦忘劳的情景，跃然于帋上，亦非易事。浙东唐诗之路在海内外已有很大影响，支持这项事业的人也越来越多，我相信，它的前景是非常光明的。当此祝您会为后作出更大贡献

黄丕谟 一九九七、九、二于南京

电话：7711074

910707.93.10

二

岳兵先生：

来信收到。新昌报社转载文汇报的文章[1]，也已初读。“唐诗之路”是您首创，数十年来呕心沥血的进行探索、研究、开发，国内外已经肯定，您的功劳和成就都影响极大。我认为新昌及此路线有关部门也较重视，但真正成为浙东旅游热线（名牌产品），单靠文化界、学术界、基层政府、部门的努力，还难以实现。因为现存的自然风光给予必要的艺术渲染，改善交通、食宿……条件，提高应有的旅游服务水平，争取缩短时间达到各方效益，恐怕还须依靠上级政府以至国家有关财力、物力的投入，解决些重大问题。新昌报转载这篇文章的发表，是个很大的触动，无疑前程似锦。

来信谈及古吴轩出书情况。古吴轩的地址，见我这本书上有，是个正轨（规）、严谨的出版社。江苏省文化厅出版的重大文集、大型画册，很多是在此出版的。个人出版书籍，他们必须审阅稿件，认为合适才宜出版。现在新闻、出版部门都属自负盈亏的企业，如果出版20万字左右的文集，约2.5—3万元（出版社收费）即可（印一二千本）。我的这本书属于例外，这书的出版，江苏省文化厅的同志们甚为重视，由陈新建同志策划，古吴轩副总编茹峰同志审核负责。除内容外，从用纸、印刷、编排设计，都严格要求，达到应有水平。

兹将您需要的作品照片寄上，用时可以放大。祝
身体健康

黄丕谟

五月卅日南京

---

① “新昌报社转载文汇报的文章”是在2001年3月。——编者注

陈尚铭

陈尚铭(1937—2014),宁波高等专科学校教授、秘书系主任。著有《巴淑论李白及其它》等。

释文

岳兵兄道席：

浙报关于你的文章写得不错，感人至深，可歌可泣！一个文化旅游开拓者的形象跃然纸上。草成仅几百字的短文[①]寄来，不知是不(否)有用。收到后请来个电话，或也写上几句。

即颂

秋祺

陈尚铭

97年9月5日

① 详见附录。

0000105

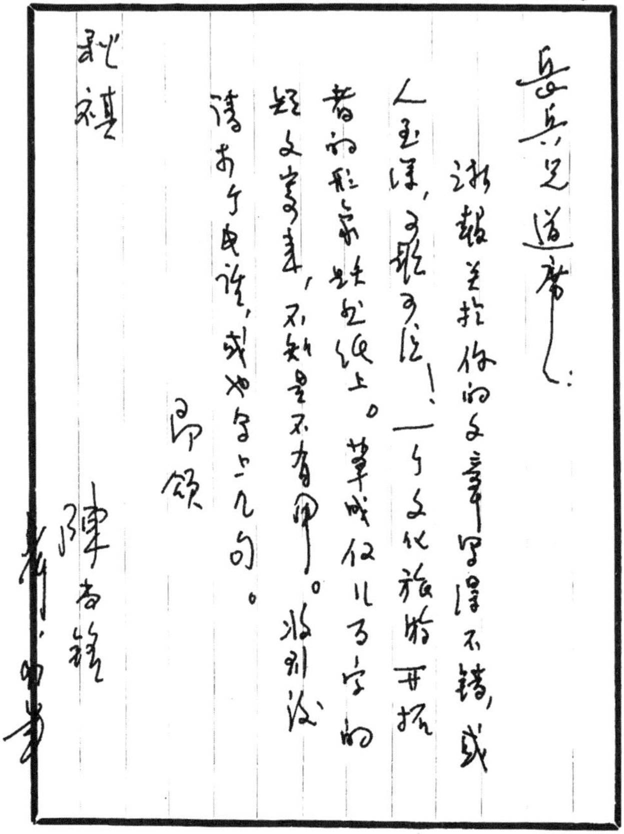
岳兵兄道席：

谢谢关于你的文章写得不错，或人五体，可能可以！一个文化旅游开拓者的形象跃然纸上。草成仅几百字的短文寄来，不知是否有用。收到后请打个电话，我也写上几句。

即颂

秋祺

陈[illegible]

[illegible]

余恕诚

余恕诚（1939—2014），安徽师范大学中文系教授、中国诗学研究中心主任，曾任中国李商隐学会副会长。著作有《李商隐诗歌集解》《唐诗风貌》等。

释文

竺岳兵先生尊鉴:

赐寄大作并两函,均奉悉。您认为《天姥吟》梦的前半部分是寻觅谢公,后半部分回首翰林往事。不肯屈事权贵,挣脱黄金樊笼,洁身自好,争取自由,是诗的旨意。我觉得比以往的说法更加贴近事实。读后很受启发。由此想到李白许多诗旨都有待进一步抉隐发覆,深入探讨。李诗的研读实际上比杜集更难一些。

明年5月的"李白与天姥"研讨会我很想参加。论文打算写《李白与唐代散体七古的兴盛》。这种散体七古(如《天姥吟》、《蜀道难》、《将进酒》),在初唐少见,而到盛唐,迅速推向高峰,对此李白作出了最为关键、最为重要的贡献。论文的有关材料已经收集,构思也差不多了。但本学期我与刘学锴先生正在加工《李商隐文编年辑注》,要力争在寒假前,至少春节前后交中华书局,所以撰写李白论文需要推到寒假进行,希望先生给予关照。五月份寄上或带上论文当不成问题。

去年参加了在万县召开的李白讨论会,提交论文一篇,今寄呈,乞先生赐教。

敬祝

冬祺!

余恕诚奉

1998.11.8

0000157

竺岳兵先生尊鉴：

赐寄大作并函，均奉悉。您认为《天姥吟》梦的前半部分是寻觅谢公，后半部分回首翰林往事。不肯屈事权贵，挣脱黄金樊笼，洁身自好，争取自由，是诗的旨意。我觉得比以往的说法更加贴近事实。读后很受启发。由此想到李白许多诗旨都有待进一步抉隐发覆，深入探讨。李诗的研读实际上比杜集更难一些。

明年5月的"李白与天姥"研讨会我很想参加。论文打算写《李白与唐代散体七古的兴盛》。这种散体七古（如《天姥吟》、《蜀道难》、《将进酒》），在初唐少见，而到盛唐，迅速推向高峰，对此李白作出了最为关键、最为重要的贡献。论文的有关材料已经收集，构思也差不多了。但本学期我与刘学锴先生正在加工《李商隐文编年辑注》，要力争在寒假前、至少春节前后交中华书局，所以撰写李白论文需要推到寒假进行，希望先生给予关照。五月份寄上或带上论文当不成问题。

去年参加了在万县召开的李白讨论会，提交论文一篇，今寄呈，乞先生赐教。　　敬祝

冬祺！

余恕诚奉

1998.11.8.

黄进德

黄进德(1932—2023),扬州大学师范学院中文系教授。长期从事中国古代文学教学与研究,尤致力于唐宋文学与《红楼梦》研究。参与编写多种高等院校中国古代文学教材,著有《曹雪芹江南家世考》《唐五代词》《唐五代词选集》《欧阳修评传》等。

释文

岳兵兄：

荷承折柬相邀，参与李白与天姥国际学术研讨会暨中国李白研究会第七次年会，心感无似。近年来，我因应千帆先生盛情邀约，主持中华大典、魏晋南北朝文学分典编务，一切得从新探索，忙冗特甚，无暇他顾。二则我已于去年办理了退休手续，出差诸多不便。年逾六六，心力不如往昔，颇有“近黄昏”之感。是以无法参与盛会，乞谅。

几年前来新昌，风景宜人，的是旅游胜地。您为开发当地旅游资源，殚精竭虑，盛情感人，至深钦佩！扬州近年也在搞旅游资源开发，但交通不便，真正来旅游者并非像想象的那么多。深感交通便捷与否与发展旅游事业，至关重要。不知您的感受何如？

大作已拜读，对《梦游》的赏析，鞭辟入里，令人耳目一新。天姥与李白、谢灵运关系密切，如有资料，望见赐。

耑此，顺颂

研安！

弟黄进德顿首

98.11.25

0000026

扬州大学师范学院

岳兵兄：

荷承折柬相邀，参与李白与天姥国际学术研讨会暨中国李白研究会第七次年会，心感无似。近年来，我因应千帆先生盛情邀约，主持《中华大典·魏晋南北朝文学分典》编务，一切须从新探索，忙冗特甚，无暇他顾。二则我已于去年办理退休手续，出差诸多不便。年逾六六，心力不如往昔，颇有"近黄昏"之感。是以无法参与盛会，乞谅。

几年前来新昌，风景宜人，的是旅游胜地。诸君开发当地旅游资源，殚精竭虑，盛情感人，至深钦佩！扬州近年也在搞旅游资源开发，但交通不便，真正来旅游者并非像想像的那么多。深感交通便捷对于发展旅游事业，至关重要。不知诸君感受何如？

大作已拜读，对《梦游》的赏析，鞭辟入里，令人耳目一新。天姥与李白、谢灵运关系密切，如有资料，望见赐。

肃此 顺颂

研安！

弟 黄进德 上 98.11.25.

地 址：瘦 西 湖 畔　　　　电 话：(0514)7344522

李 浩

李浩，1960年生，西北大学文学院教授、中国文化研究中心主任。兼任国务院学位委员会第八届学科评议组成员、教育部中文教学指导委员会副主任委员、中国唐代文学学会会长等。著有《唐诗美学》《唐代关中士族与文学》《诗史之际——唐代文学探微》《唐代园林别业考录》等。

释文

一

竺岳兵先生席前:

顷获先生所寄天姥山李白会议通知,十分荣幸,辱赐尊著数种亦一一拜读(先生刊于《唐代文学研究》及《中国李白研究》上的大作亦曾拜读),深感尊著及尊文考证绵密,覃思精论,异彩纷呈,有大功德于李白研究,令浩钦佩,获益匪浅,愿能以此拜识先生,经常听到先生教诲。兹将浩所草撰小书两种并有关李白研究的论文两篇(其中一篇已收入拙著《唐诗美学》附录中)呈上,敬请先生方家哂正。

本学期浩兼研究生及本科课程较多,最近已根据先生提供研讨会主题及范围,搜积资料,待论文撰成后,再呈上求教。问候不一,尚乞先生珍摄为幸。耑此,并颂

道安!

后学李浩顿首[①]

---

① 信件无落款时间,根据信中"浩所草撰小书两种……呈上",编者找到李浩教授赠竺岳兵先生的著作《唐代园林别业考论》,扉页上题时间为"98.11.26",据此推断此信应写于同时。——编者注

二

岳兵社长史席：

此次有幸赴剡中拜访先生，并与诸公畅游越中山水，幸甚至哉！请允许浩对先生的盛情邀请、周到安排，再次表示谢忱。浩返秦后，即忙于教学工作，然新昌留下之美好印象，时时浮现眼前。先生惠寄之《会议纪要》亦盥诵，如浩之短文被收入论文集，请将校样寄作者订正，以示郑重，并防止讹误。溽暑方临，诸希珍摄。耑此，并叩

大安

晚李浩

七月三日[1]

---

① 1999年5月李浩先生来新昌出席了“李白与天姥”国际学术研讨会暨中国李白研究会特别会议。——编者注

0000054

岳兵社長史席：

此次有幸赴剡中拜訪 先生，並與諸公暢游越中山水，幸甚至哉！請允許浩對 先生的盛情邀請、周到安排再次表示謝忱。浩返京後，即忙於教學工作，然於剡最留下之美好印象時時浮現眼前。 先生惠寄之"会议纪要"亦繼誦，如浩之拙文被收入論文集，請將校樣寄作者訂正，以示鄭重，並防止訛誤。溽暑方臨，請希珍攝。耑此，並叩

大安

晚李浩 首 三、一

杨　明

杨明，1942年生，复旦大学中国语言文学研究所教授。长期从事中国古代文学和中国古代文学批评的教学与研究。主要著作有《魏晋南北朝文学批评史》（合著）、《隋唐五代文学批评史》（合著）以及《汉唐文学辨思录》《刘勰评传》《文赋诗品译注》等。

释文

竺岳兵先生:

您好!三次来信并大作《〈梦游天姥吟留别〉诗旨新解》《天姥山得兵(名)考辨》《自爱名山入剡中》三篇均已收到。大作用心极细,拜读之后,获得了许多新的知识,深为感谢!

因近来较忙,论文写成迟了一些,今日已十一月三十日,谨将论文、提要及回执寄上,请审阅。不知还来得及否。很是抱歉!

对于先生的盛情邀请,谨表示衷心的感谢!敬颂

撰安!

杨明

1998.11.30

0000005

19　年　月　日　　第　页共　页

竺岳兵先生：

您好！三次来信并大作《〈梦游天姥吟留别〉诗旨新解》、《天姥山得名考辨》、《自爱名山入剡中》三篇均已收到。大作用心极细，拜读之后，获得了许多新的知识，深为感谢！

因近来较忙，论文写成迟了一些，今日已十一月三十日，谨将论文、提要及回执寄上，请审阅。不知还来得及否。很是抱歉！

对于先生的盛情邀请，谨表示衷心的感谢！敬颂

撰安！

杨明

1998.11.30.

陶 敏

陶敏(1938—2013),湖南科技大学中文系教授、古文献研究室主任。独著有《全唐诗人名考证》《全唐诗人名汇考》《唐代文学与文献论集》,合著有《唐才子传校笺补正》《元和姓纂》《唐五代文学编年史·初盛唐卷》《唐五代文学编年史·中唐卷》等。

释文

竺岳兵先生：

前后两次会议邀请通知均收到。但因近来身体欠佳，经常感冒，加以事情很多，故未能撰写论文，亦未寄上回执，有拂美意，深感歉疚。

94年唐代文学学会年会在新昌召开。剡中山水，新昌大佛都留下了十分美好的回忆，希望以后有机会再游。

再次感谢您的盛情邀请。

专此布达，即颂

时绥

陶敏

1998.11.30

0000013

湘潭师范学院

竺岳兵先生：

前接函示会议邀请通知均收到。但因近来身体欠佳，经常感冒，加以事情很多，故未能撰写论文，亦未专程赴会，有拂美意，深感歉疚。

94年唐代文学学会年会在新昌召开。游沃洲山水，新昌大佛都留下了十分美好的回忆，希望以后有机会再游。

再次感谢您的盛情邀请。

专此布达，即颂

时绥

[illegible] 98.11.30.

RD12598.1—1

詹福瑞

詹福瑞，1953年生，历任河北大学中文系主任、副校长、党委书记，国家图书馆馆长。兼任中国古代文学理论学会副会长、中国《文心雕龙》研究会会长、中国李白研究会副会长等。多年来一直从事中国古代文学研究与教学工作。出版学术专著有《走向世俗——南朝诗歌思潮》《中古文学理论范畴》《汉魏六朝文学论集》等。

释文

竺岳兵先生:

近好!

通知已收到,大著也拜读了,很受启发。寄上拙文《李白的自然意识》,一考虑到此文表面看来与会议主题不切,但文中多有涉及《梦游吟》处,且研讨会似也需要些理论上的文章。一因庶务缠身,实在无暇再另写一篇,请见谅。

筹备会议殊不易,谨致感谢并问候。

祝好!

詹福瑞

98.12.1

河北大学

0000108

THE HEBEI UNIVERSITY

竺岳兵先生：

近好：

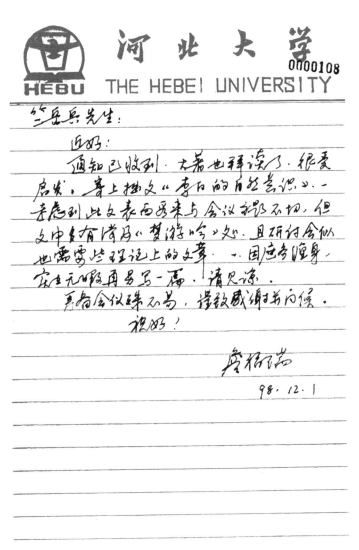

通知已收到，大著也拜读了，很受启发。寄上拙文《李白的自然意识》一，考虑到此文表面看来与会议题不切，但文中多有涉及《梦游吟》处，且研讨会似也需要些理论上的文章……因庶务缠身，实在无暇再另写一篇，请见谅。

再者会议筹备不易，谨致感谢并问候。

祝好！

詹福瑞

98.12.1

EF21899　　新竹文化用品經销

邹志方

邹志方(1939—2021),绍兴文理学院人文学院教授、杭州市社会科学院南宋史研究中心兼职研究员。教学之余,从事中国古代文学和绍兴地方史研究。出版有《稽山镜水诗选》《浙东唐诗之路》《杨维桢诗集点校》《会稽掇英总集点校》等。

释文

岳兵先生：

大作《天姥山得名考辨》拜读，欣喜万分。大作不但资料翔实，很有见地，发前人所未发，而且考证审慎严谨，文笔流畅，不失为天姥山研究之至文。我曾说过，新昌非比他处，文化底蕴极其深厚。先生文章，即是明证。

愚本想从意象谈天姥山，惜乎有关诗作不多，未能如愿。重读先生《〈梦〉诗旨新解》，颇有同感。于是从段落划分入手，写了一篇小文，请先生一哂。

人杰地才灵，古往今来，历史是靠热心人延续的。新昌能再次召开国际学术讨论会，除了政府和贤达的重视，估计又是先生在起斡旋作用。万望百忙中珍摄。

即颂

近祺

邹志方顿首

一九九八.十二.六夜

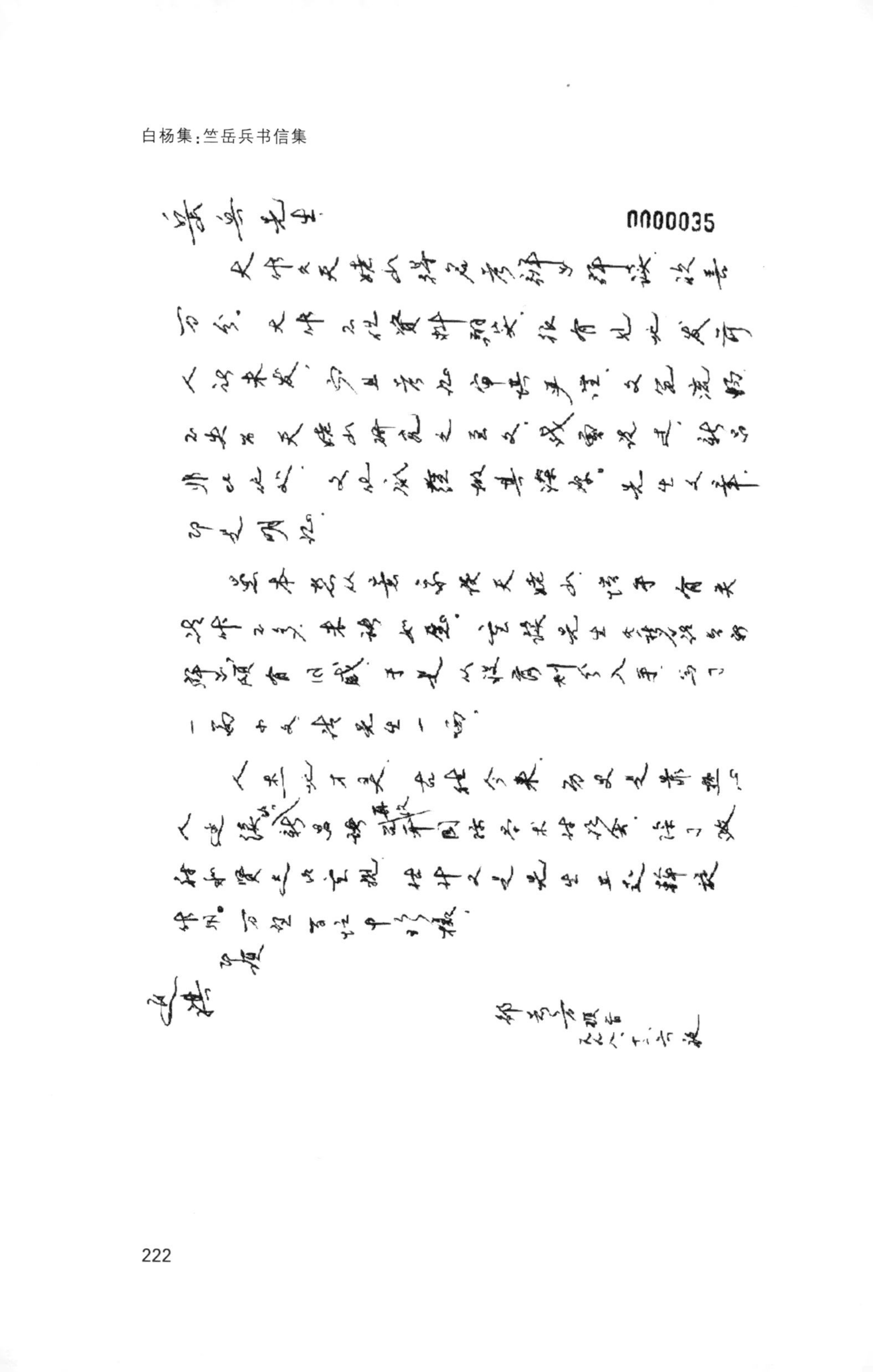

0000035

[illegible]

卞孝萱

卞孝萱（1924—2009），南京大学中文系教授。曾任中国唐史学会顾问、中国唐代文学学会韩愈研究会会长、江苏省六朝史研究会名誉会长。长期从事中国古代史、近代史和古典文学研究，尤长于唐代史学与文学。著有《刘禹锡年谱》《唐代文史论丛》《刘禹锡丛考》《元稹年谱》等。

释文

岳兵先生:

1999年即将来临,遥祝您全家在新的一年里,万事如意!

大著《天姥山得名考辨》、浙江画报两册、大函、贺卡、开会通知等,都收读。大著不仅具有很高学术价值,并能把学术研究与旅游开发很好地统一起来,与“把科技转化成生产力”有一样的重大意义,是社会科学的一条新路子,值得表扬和提倡。

仰承盛意,多次邀请免费开会,我因手头任务重,抽不出时间写论文,又不愿草率从事,不能参加了,有负盛情,至为歉仄,来日方长,以后还有机会践约的。

开会之前,仍请寄正式通知来,我以江苏省六朝史研究会名义寄上贺函(或贺电)。

专此,顺颂

公安!

卞孝萱敬启
12.24

岳兵先生：

1999年即将来临，遥祝您全家在新的一年里，万事如意！ 0000097

大著《天姥山得名考辨》、浙江画报两册、大函、贺卡、开会通知等，都收读。大著不仅具有很高学术价值，并能把学术研究与旅游开发很好地统一起来，与"把科技转化成生产力"有一样的重大意义，是社会科学的一条新路子，值得表扬和提倡。

仰承盛意，多次邀请免费开会，我因手头任务重，抽不出时间写论文，又不愿草率从事，不能参加了，有负盛情，至为歉疚，来日方长，以后还有机会践约的。

开会之前，仍请寄正式通知来，我以江苏省六朝史研究会名义寄上贺函（或贺电）。

专此，顺颂

公安！

卞孝萱敬启

12.24.

丁稚鸿

丁稚鸿,1939年生,四川李白研究学会副秘书长、副会长,中华诗词学会、中国楹联学会会员,四川诗词学会理事。出版有《听雨轩诗联集》、《中学古诗词鉴赏辞典》(合编)、《千古一诗人》(合编)等。

释文

岳兵先生：

首先向先生合府拜个早年！并祝：新春纳福，万事顺意！

两次大作拜读，新颖独到，对研究李白“梦游”一诗之主旨，提供了不少新资料。小弟近已退休，但仍然决定参加这次盛会（因住在一中，前表未去馆取回，谨以此回禀，请登记）。因最近正忙于完成《诗仙李白》一文（应绵阳市《古今名人选》编委会之托），要写五万多字，二月底完成后即投入写“天姥吟”的工作。

顺寄旧作一本，望斧正！

即颂

时安

弟丁稚鸿

戊寅[1]岁尾于李白故里

① “戊寅”系1998年。——编者注

李白纪念館 144

岳兵先生：

首先向先生全家拜个早年！并祝：新年纳福，万事顺意！

两次大作拜读，新颖独到，对研究李白"梦游"一诗之主旨，提供了不少新资料。小弟近已退休，但仍然决定参加这次盛会（因住在一中，前几天未去候取回，谨以此回禀，请鉴谅）。因最近正忙于完成《谪仙李白》一文（应绵阳市《古今名人选》编委会之托），要写五万余字，二月底完成后即投入写"天姥吟"的工作。

Ch097.3.93.3 第 页

李白纪念馆 0000145

临寄旧作一幅，望笑正！

即颂

时安

弟 丁稚鸿

戊寅岁暮于李白故里

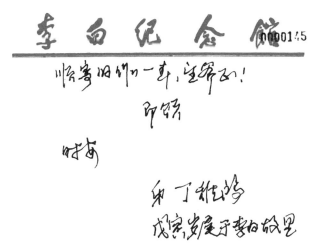

Ch097.3 第 页

徐叶翎

徐叶翎,1934年生,金石书画家。中国书法家协会会员、朱复戡艺术研究会副会长、国家二级美术师。著有《东鲁寻踪说李杜》等。

释文

岳兵先生：

您好！您是我们久已敬仰未曾谋面的老师和朋友。今得联系，甚感欣幸。大著《南陵考辨》等在《中国李白研究》书中见到后，兖州几个文化界同仁即争相传阅，很钦佩您的探讨精神，给予兖州的李白东鲁寓家研究以极大推动。1994年兖州学术年会曾盼您来。以后马鞍山会议、万县会议均未得相聚，怅甚！我们久已想将兖州李白故居地理环境向您详细介绍。为了下一届年会您做了大量筹备工作。如此不懈努力，是值得我们虚心好好学习的！

恭颂

文安

徐叶翎

1999.元旦

0000126

岳兵先生：您好：

您是我们久已敬仰未曾谋面的老师和朋友。今得联系，深感欣幸。大著《南陵考辨》等在《中国李白研究》书中见到后，兖州几个文化界同仁即争相传阅，很钦佩您的探讨精神，给予兖州的李白东鲁寓家研究以极大推动。1994年兖州学术年会曾盼您来。以后马鞍山会议、萬縣会议均未得相聚，憾甚。我们久已想将兖州李白故居地理环境向您详细介绍。为了下一届年会您做了大量筹备工作，如此不懈努力，是值得我们虚心好好学习的！

恭颂

文安

徐叶翎 1999.元旦

15×20=300　　第　　页

盛鸿郎

盛鸿郎，1939年生，著名水利专家、高级工程师。现为绍兴越文化研究所名誉所长和市水利学会名誉会长。曾任绍兴市水电局局长，兼任浙江省水利学会常务理事、《钱塘江志》编纂委员会副主任等。主编和合编专著各1部，出版独著2部。

释文

岳兵先生:

新年好!

惠书收悉,大作拜读。原想待陈桥驿先生来绍后,与他讨论一下山脉界定问题,再作回复,但因近日颇忙,《萧绍宁平原供水规划》及《萧绍平原排涝规划》,均要近日提出意见,病后记忆力日差,怕一拖忘记,不如先给您写回信了。

大作多方引证,化(花)了不少时间和精力。但我以为,“天姥”之名由来,《后吴录》既已讲清,“传云登者闻天姥歌谣之响”,已经足够。只闻其声,未见其人,何来“天姥石”。至于王母之说,值得慎重斟酌。查《淮南子·览冥训》,为“西老”。天姥的“姥”为 mǔ,非为 lǎo,姥(mǔ),通姆、母,而不通老;余杭姥可见《神仙传》的《王元·蔡经》篇,与“麻姑”有关,而麻姑“常治昆仑山,往来罗浮山、括苍山”,又与天姥山相隔。

关于山的界定问题,我只是自己的想法,想和陈先生讨论一下,地理学上有没有具体规定。我想应该“水以山分,山以水界”,具体一点:水是由山的分水岭来确定流域面积的;而山以水来界定范围的。上信中讲:购买图纸,可找省测绘局,市里买不到,但价格可观,如粗略些,《浙江省地图册》(分县)有《浙江地势》,但山的界定,不十分确切。

匆草回复,甚歉!

代问槐林先生好!

祝

新年快乐

盛鸿郎
1999.1.2
于绍兴

王伯奇

王伯奇，1952年生，山东兖州博物馆特约研究员。其撰有《李白来山东，家居在兖州》一文，文中提出李白寓家兖州二十年的论点，直接促成了1994年“李白在山东”国际学术研讨会在兖州的召开，该论文后被评为山东省社会科学成果二等奖。

释文

岳兵先生雅鉴:

承蒙先生关照,赐函告知"李白与天姥"会议信息及论文要求。对此,后学深表感谢！随函寄来的三篇大作,我拜读数遍,对我撰写会议论文深受启发、裨益。《梦游天姥吟留别》作于我们兖州,系李白天宝五载往天姥山于兖州动身时留给兖州人(东鲁诸公)的话别诗。作为太白第二故乡人的我,对此一诗尤为喜欢,对天姥山自然也就倍感兴趣,且一心想往。此望先生理解。

前些年,本人在兖州首倡发起《李白在兖州》研究,那时曾拜读了您的大作《"南陵"考辨》,您的《南陵别儿童入京》之"南陵"非安徽南陵县之学术观点,对我们"李白在兖州"的研究,给予很大的启发和信心。94年"李白在山东"国际会议上,郁贤皓会长曾提到您的事迹,令我对您深为钦佩。盼望明年能在"剡中"见到您,得您之面教,当为三生之幸也！

随函寄上《李白在兖州》,敬请先生赐教。

恭颂

文祺、冬安

后学王伯奇呈

1999.元.12号于兖州

岳兵先生雅鉴：　　0000158

承蒙先生关照，赐函告知"李白与天姥"会议信息及论文要求。对此，后学深表感谢！随函寄来的丰篇大作，我拜读数遍，对我撰写会议论文深受启发、裨益。《梦游天姥吟留别》作于我们兖州，系李白天宝五载往天姥山于兖州动身时留给兖州人（东鲁诸公）的留别诗。作为太白第二故乡人的我，对此十分尤为喜欢，对天姥山自然也就倍感兴趣，且一心想往。此望先生理解。

前些年，本人在兖州首倡发起"李白在兖州"研究。那时曾拜读了您的大作《"南陵"考辨》，您的《南陵别儿童入京》之"南陵"非皖徽南陵县之学术观点，对我们"李白在兖州"的研究，给予很大的启发和信心。97年"李白在山东"国际会议上，郁贤皓会长曾提到您的著述，多年对您深为钦佩。盼望明年能在剡中见到您，得您之面教，当为平生之幸也！

随函寄上《李白在兖州》，敬请先生赐教。

恭颂

文祺、冬安。

后学　王伯奇　呈

1999.元.12号于兖州

14—722.98.5×22　　20×15=300

陶新民

陶新民,1950年生,安徽大学中文系教授、文学院院长,兼任福建师范大学博士生导师、《李白学刊》副主编、安徽省文学学会副会长等。主要著作有《李白与魏晋风度》《唐代文学研究集成》及《李白全集校注汇释集评》(合著)等。

释文

竺先生：

您好！

两次来函均已收到，因工作太忙，频于出差，未能及时回信，请原谅。

最近，薛天纬、李子龙与弟联系，欲在今年底在我校，由我系出面主办世纪之交李白研讨会。我已请示学校同意，打算筹划此事。届时欲开一次规模较大的会议。

上月中詹锳先生去世，我去天津参加追悼会，见到许多学者，大家都很关心李白研究会的发展。

祝

冬祺！

陶新民

99.元.14

安徽省辞书学会 000114

竺先生：

您好！

两次来函均已收到，因工作太忙，较多出差，未能及时回信，请原谅。

最近，薛天纬、李子龙与本人联系，欲在今年底在我校，由我系出面主办世纪之交李白研讨会。我已请示学校同意，打算筹划起来。届时拟开一次规模较大的会议。

上月詹锳先生去世，我去天津参加追悼会，见到许多学者，大家都很关心李白研究会的发展。

祝

冬祺！

陶新民 99.2.14

1101—73—92.1

丁锡贤

丁锡贤(1937—2023),又名式贤,台州市文化研究中心研究员。曾任《台州地区志》副主编、天台山文化研究会副会长。编有《六朝地域社会丛书:临海郡》等。

释文

竺老:

您好! 在杭一聚,很是欣慰。

您所首倡的浙东“唐诗之路”,总算被省旅游部门和专家学者们所公认了。其实这早已名声在外,您老十几年的心血没有白费,我是非常敬仰和佩服您的,您永远是我学习的楷模。

这次在杭短短相聚和会上交谈,还勾(沟)通了一个问题,那就是新昌和天台仍是友好的,从大旅游的角度来说,天台山、天姥山、天姥岩等都是一致的,它对开发旅游业肯定会产生积极的效果,您说对吗?

丁锡贤

99.1.24

0000021

竺老：　　您好！

在杭一聚，很是欣慰。

您所首倡的浙东"唐诗之路"，已算被有关领导部门和专家学者们所公认了。其实这早以名声在外，您老十几年的心血没有白费，我是非常敬佩和佩服您的，您永远是我学习的楷模。

上次在杭谈的"稽霞"和台山之定位，这引起了一个问题，那就是新昌与天台似是在相争，从大旅游角度来说，天台山、天姥山、天姥岑都是一股的，这样开发旅游也肯定会产生积极的效果，您说对吗？

（丁锡贤 99.1.24）

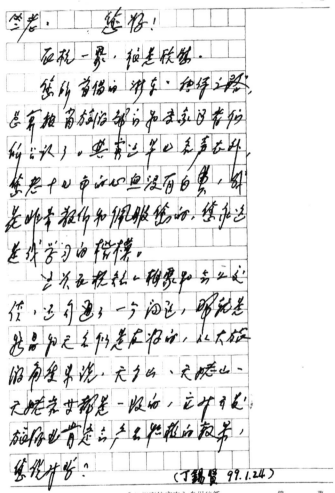

15×14＝210　　《台州市地方志》专用稿纸　　第　　页

林东海

林东海(1937—2020),历任人民文学出版社总编助理、古籍室主任,编审。著有《诗法举隅》《古诗哲理》《太白游踪探胜》等。

释文

岳兵兄：

李白与天姥研讨会通知收到多时，迟覆为歉。近期手头杂事太多，自己也不知能否与会（即所谓“常恨此生非我有”也），这也是延至今日始回覆的一个原因。能和朋友们一起研讨李白与天姥，机会难得，所以还是争取参加，但不知回执是否寄得太晚了？听兄发落。贤皓兄处代为致意是感。即颂

春祺

林东海顿首

九九年二月廿九日

人民文学出版社 0000115

岳兵兄：

李白与天籁研讨会通知收到的时候，遂蒙的邀请。近期手头杂事太多，自己也不知能否写会（即行程，常怕此生排满有此），这也是近年日益回避的一个原因。能和朋友们一起研讨李白与天籁，机会难得，所以还是争取参加，但不知回执是否寄得太晚了？听凭发落。贺昆兄处代为致意是感。即颂

教祺

林东海

九九年一月廿九日

北京朝内大街166号　　电报挂号2192

王友胜

王友胜，1963年生，湖南科技大学人文学院教授、湖南省普通高校哲学社会科学重点研究基地首席专家。出版《苏诗研究史稿》(修订版)及《唐宋诗史论》《历代宋诗总集研究》等。

释文

竺先生雅鉴:

会议筹备组二号通知年前已收悉,谢谢您。

您的大作《〈梦游天姥吟留别〉诗旨新解》、《天姥山得名考辨》、《自爱名山入剡中》等均已拜读,颇受教益。昨天收到广西师大张明非先生函,《唐代文学研究年鉴》继续聘请我写李白研究综述,您的大作当认真、详细介绍。今年5月新昌会议情况亦会认真报道。《年鉴》编辑老师命我5月31日前交稿,从时间上说,来得及。

您新近所刊李白论文,亦请复印邮来,以利介绍。

98年12月在上海古籍出版社出版了《韦应物集校注》一书,40万字,会上将带去,送您,免得邮路丢失。

我这次提交的论文《李白对游仙传统的拯救与革新》,从题目看好像与大会议题关联不大,但拙文第2部分详细讨论了《梦游天姥吟留别》一诗的诗旨,认为是李白游仙与游梦结合的典范之作,是一首山水诗,亦可看作是一首游仙诗。

目前忙于给本科生、研究生上课,又按水照师要求,继续完成博士学位论文《苏轼研究史稿》(答辩时只写了一半),无时间另写文章,乞谅。我已博士毕业,现为湘潭师院副教授。

谨致

笔体双健!

王友胜敬上

99.3.8 于湘潭

钱茂竹

钱茂竹，1938年生，绍兴文理学院教授、人文学院党总支部书记。长期从事中国古代文学和地方文史的教学、科研工作，出版有《辛亥革命研究文集》《绍兴酒文化》《绍兴茶文化》等专著。

释文

竺岳兵先生:

来信收悉。谢谢!

成立“中国浙东唐诗之路研究会”,很好。甚合多年来对唐诗之路研究者、爱好者之心愿,又有傅璇琮、郁贤皓诸名家之首肯,参与者必众。今寄上弟之签名和倡议人简历表各一份,请收阅审示。忝为倡议,实为惶恐。

“天姥”之会在即,弟虽不能与会,但心实仪之、向往之。此会必能成功,大利于唐诗之路的开发和繁荣。与上年研究会一起,这其实成了当代的“唐诗之路”式的聚会。

先生多年来致力于乡邦文化研究,尤为唐诗之路研究,其首倡之功,功莫大焉。向您致敬,并祝这一中国浙东唐诗之路研究会成功!

绍兴文理学院

钱茂竹上

1999.4.24

0000002

竺岳兵先生：

来信收悉。谢谢！

成立《中国浙东唐诗之路研究会》，很甚合多年来对唐诗之路研究者、爱好者之心愿，又有[illegible]、郁贤皓诸名家之首肯，当有见地。今寄上我之签名拟倡议人简历表一份，请收阅审示。参与倡议，实为惶恐。

"天姥"之会盛期，本拟不能与会，但心实仪之、向往之。此会必能成功，大利于唐诗之路的开发和探索。与此前研究会一起，这些实成了当代的"唐诗之路"热的高潮。

先生多年来致力于乡邦文化研究，尤其唐诗之路研究，其首创之功，功莫大焉，向您致敬。並祝这一中国浙东唐诗之路研究会成功！

[illegible]文化研究室

[illegible] 上 [illegible]

姜光斗

姜光斗,1935年生,历任南通师专中文系主任、南通师范学院(现南通大学)中文系教授、南通儒学研究会会长等。著有《佛理·唐音·古典美学》《湛然大师传》《智伊大师传》等。

释文

竺先生台鉴：

会期届近[①]，想起不久将与竺先生会面，揆离数载，渴念之情，不能自已。谁知情况有变，鄙人不能前来与会了，特此告知，深感歉疚。事情是这样的：

南通准备开发新的旅游项目，市政协常委会下次议题就是这个专题，因此在开会之前拟派出四个小组，分赴全国各地考察外地旅游项目的开发，以资借鉴。政协主席会议决定，由我带领一个小组，赴广西、湖南考察，故尔学术会议只好缺席了。

我对新昌怀有很深的感情，再加上贵社已申请为全国性社团组织，我深信将来一定还有机会前来的。

代我向与会同道致意。

敬颂

夏安！

姜光斗

5.9

---

① “会期届近”是指1999年5月21—24日在新昌举行的“李白与天姥”国际学术研讨会暨中国李白研究会特别会议。姜先生另在1999年3月3日信中说到，想早一点知道会议召开时间，因为要安排好政协的外出活动。——编者注

竺先生台鉴： 0000070

会期届近，想起不久将与竺先生会面，揆离数载，渴念之情，不能自已。谁知情况有变，鄙人不能前来与会了，特此告知，深感歉疚。事情是这样的：

南通准备开发新的旅游项目，市政协常委会下次议题就是这个专题，因此在开会之前拟派出四个小组，分赴全国各地考察外地旅游项目的开发，以资借鉴。政协主席会议决定，由我带领一个小组，赴广西、湖南考察，故本学术会议只好缺席了。

我对新昌怀有很深的感情，再加上贵社已申请为全国性社团组织，我深信将来一定还有机会前来的。

代我向与会同道致意，

敬颂

夏安！

姜光斗

5.9.

杜维沫

杜维沫(1926—2017)，人民文学出版社编审、古典编辑部主任，中国城市出版社编审。著有《屈原〈九歌〉辑注》《一瓢诗话笺注》《精注》《狐撞钟》等。

释文

岳兵先生:

今夏京城酷热,气温最高达摄氏 42 度,我因去大连旅游疗养一段时间,未能及时给您回信,敬请谅宥!

五月间在新昌召开的“李白与天姥”国际学术研讨会暨中国李白研究会特别会议,的确开得非常成功,真正做到了以文会友、学术交流、实地考察与作品研讨的自然结合,会议的论文和发言皆具真知灼见,从而使《梦游天姥吟留别》诗中长期存在的一些众说纷纭的疑点得到彻底的澄清和圆满的阐释,这在李白诗歌研究史上是值得大书一笔的。参加这次高水平的学术会议,使我获益匪浅,这里,我要向新昌县党委、县政府以及您对我的关照再次表示衷心的感谢!

我离开新昌的前夕,曾到您在白云山庄的住房拜访,当时您有事不在房内,我将赠送您的一册《诗源辨体》和赠送张岳明县长的一册《十二楼》留于房内,托与您同房间住的先生转交给您,想您已收到了吧?

附上丽娜信及剪报三份。今年三、四月间光明日报曾发表一篇介绍浙东唐诗之路的专题文章,不知您已见到否?如未见到,请到县图书馆查找一下(因我当时未剪下,手边现已不易查找)。萧克将军仍生病住在医院。王科元主任与张爱萍将军、孙毅将军亦有联系。信中所附张将军为八一建军节 72 周年题词的剪报,是剪自八月一日的北京晚报。张将军同时是著名诗人、书法家,新昌烈士纪念碑如能通过王主任请到张将军或孙毅将军题辞,也都是很理想的。

我一向认为,浙东剡溪文化与唐诗之路具有永久的旅游文化魅力，其研究开发的前景无限广阔，大有可为。谨祝您在这一研究开发事业上不断取得新的成就！

此不赘叙(述)，敬颂

夏安！

杜维沫拜启

1999.8.12

人民文学出版社 0000111

岳兵先生：

今夏京城酷热，气温最高达摄氏40度，我因去大连旅游休养一段时间，未能及时给您回信，敬请谅宥！

五月间在新昌召开的"李白与天姥"国际学术研讨会暨中国李白研究会特别会议，的确开得非常成功，尤其做到了以文会友、学术交流、实地考察与作品研讨的自然结合，会议的论文和发言皆具真知灼见，从而使《梦游天姥吟留别》诗中长期存在的一些众说纷纭的疑点得到彻底的澄清和圆满的阐释，这在李白诗歌研究史上是值得大书一笔的。参加这次高水平的学术会议，使我获益匪浅，这里，我要向新昌县党委、县政府以及您对我的关照再次表示衷心的感谢！

我离开新昌的前夕，曾到您在白云山庄的住房拜访，当时您有事不在房内，我将赠送您的一册《詩源辯體》和赠送张岳明县长的一册《十二楼》留于房内，托与您同房间住的

北京朝内大街166号　　电报挂号2192

0000112

人民文学出版社

先生转交给您，想您已收到了吧？

附上丽娜信及剪报三份。今年三、四月间光明日报曾发表一篇介绍浙东唐诗之路的专题文章，不知您已见到否？如未见到，请到县图书馆查找一下（因我当时未剪下，纸现已不易查找）。萧克将军仍生病住在医院。王科元主任与张爱萍将军、孙毅将军亦有联系。信中所附张将军为八一建军节70周年题词的剪报，是剪自八月一日的北京晚报。张将军同时是著名诗人、书法家，新昌烈士纪念碑如能通过王主任请到张将军或孙毅将军题辞，也都是很理想的。

我一向认为，浙东剡溪文化与唐诗之路具有永久的旅游文化魅力，其研究开发的前景无限广阔，大有可为，谨祝您在这一研究开发事业上不断取得新的成就！

匆不赘叙，敬颂

夏安！

杜维沫拜启 1999.8.12.

北京朝内大街166号　　电报挂号2192

李子龙

李子龙(1947—2007),马鞍山李白研究所所长,中国李白研究会秘书长、办公室主任。著有《李白诗文遗迹释考》《采石话源》等,创办学会会刊《中国李白研究》,主编有《李白与马鞍山》《历史与文化研究》等。

释文

竺岳兵先生大鉴：

关于出版《中国李白研究·“李白与天姥”研究专辑》一书的问题，学术界的同志时有询问，我都告知，竺岳兵先生正在审稿并积极筹集资金，此书肯定会出版的，请他们安心等待。我已与您多次电话联系沟通，知道您为此疲于奔命，在争取和努力，其中的甘苦，党政领导是很少有人能够体味到的。为此，我代表学会秘书处特向您表示慰问和谢忱！

我曾向我市领导谈起过今年出这本书的事，并告知新昌竺岳兵先生的困难，希望能够得到我市的支持和帮助。市有关领导已原则表示愿意支持帮助，说：新昌筹集资金不足部分，我们可以给一点。但浙江总体价格较贵，安徽便宜一些，如在安徽出，补助可能少一点；如果补助多了，恐怕也不行，还有，涉及到财务处理，如直接拨款给新昌，恐怕财务上难以处理，时间长了，也经不起审查。根据这些情况，我在电话中已经向您说明，此书应拿到马鞍山来出版印刷。做到顺顺当当，皆大欢喜。具体意见如下：

一，经费初步预算：①安徽的书号费约7000—8000元；②印二千册（必须控制在50万字以内，约800个页码），印刷费22000—23000元。③稿费（50万字，平均每千字稿费40元。实际上有的文章每千字不到40元，因为这里面包括审稿费、校对费、编务费）约2万（元）。以上合计5万元左右。

二，我市补助方式：请您将已筹集到的35000元汇到马鞍山李白研究所。不足部分，由我们拨结算单向市里写报告，要求补助拨款。

三,审稿、编辑、校对方式:请您将文字压缩在50万字以内(此点很重要,如果字数超过,页码就超过,印刷费肯定要增加),然后送郁贤皓先生审阅一过,并请他写一篇2000字以内的《序》,您再编好目录,交由我即可。考虑到此次编辑工作的特殊性,特请您作为此册的特约副主编。并请郁贤皓先生在序文中将支持、参与工作的方方面面单位、人物写清楚。(党政领导绝对不能挂编委乃至正副主编之名。学会不会同意的! 您可以注意一下,我市领导没有进入编委,尽管市里多年来一直给钱和支持。)校对,您们可以来马鞍山一校,二校由我们寄给您校,三校您们来或我们送去均可,到时视情况再定。

上述意见,请速向有关方面汇报。如同意,请按此操作。盼复。匆匆即颂

文安

李子龙

1999.11.1

0000078

竺岳兵先生大鉴：

关于出版《中国李白研究·"李白与天姥"研究专辑》一书的问题，学术界的同志时有询问，我都告知，竺岳兵先生正在审稿并积极筹集资金，此书肯定会出版的，请他们安心等待。我已与您多次电话联系沟通，知道您为此疲于奔命，在争取和努力，其中的甘苦，我敢说它是很少有人能够体味到的。为此，我代表学会秘书处特向您表示慰问和谢忱！

我曾向我市领导谈起过今年出专辑的事，并告知新昌竺岳兵先生的困难，希望能够得到我市的支持和帮助。市有关领导已原则表示愿意支持帮助，说：新昌筹集资金不足部分，我们可以给一点。但浙江印刷价格较贵，安徽便宜一些，书在安徽出，补助可能少一点；如果

110412·962　　20×15＝300　　第 1 页

0000079

补助多了，恐怕也不行，还有，涉及到财务处理，直接拨款给新昌，恐怕财务上难以处理，时间长了，也经不起审查。根据这些情况，我在电话中已经向您说明，此书应拿到新昌来出版印刷。顺利得多，做到皆大欢喜。具体意见如下：

一、经费初步测算：①出版的书号费约7000—8000元；②印二千册，（书须控制在50万字以内，约800个页码）印刷费22000—23000元。③稿费（50万字，平均每千字稿费40元。有的文章实际上每千字不到40元，因为这里面包括审稿费、校对费、编辑费）约20000元。以上合计5万元左右。

二、我市补助方式：请您将已筹集到的35000元汇到新昌的唐诗研究社。不足部分，由我们按统筹单向市里写报告，要求补助拨款。

110412·962　　20×15＝300　　第 2 页

0000080

三、审稿、编辑、校对方式：请您将文字压缩在50万字以内（此点很重要，如果字数超过，页码就超过，印刷费会还要增加!!）然后送郝巴晓先生审阅一过，并请他写一篇2000字以内的《序》，编好目录，交由我即可。考虑到此次编辑工作的特殊性，特请您作为此册的特约副主编。并请郝巴晓先生在序文中将支持、参与工作的方方面面单位、人物写清楚。（党政领导绝对不能挂编委乃至正副主编之名。学会不会同意的！（您可以理会一下，我社所出书没有出入编委，各省市主要负责一直给钱和支持。））校对，您们可以先多校出一校，二校由我们负责统校，三校您们来跟我们一道看均可，到时视情况再定。

上述意见，请速向有关方面汇报。如同意，请按此操作。盼复。匆匆即颂

文安

[illegible]

1999.11.1.

第3页

110412·962　20×15=300

梁辅民

梁辅民,铁道部第三勘测设计院高级工程师。

释文

岳兵贤弟：

大佛寺合影照收到，谢谢！

寄来唐诗研究社文件一并收到。我觉得广州各地仰慕而来旅游，这是你社努力创作后的收获，是成果，何以人力不足为由加以拒绝？我的建议，研究应有创作，但开发应具有实体，一为有关唐诗之路开发性的建设，最终为了发展旅游事业，创造人间仙境，为了人民大众所青睐，所赏识，应是相扶（辅）相成。个人时间、能力虽有限，可发动社内许多老同志共同创业，21世纪是知识经济时代，也是文化旅游大发展的年代，我们应当珍惜时代付（赋）予的机遇，莫失良机。

目前各地成立的旅行社组织，将来会有大发展，可以借镜，我多次建议新昌自然条件适宜发展花卉业，就我所知金华地区已有基础，荷兰是花卉大国可以借镜。贤弟住所后院很有特色，可以大大发扬。

此颂

新千禧年万事如意

梁辅民

99年12月18日于大连

連飛達控制系統公司 0000015

岳兵贤弟：

大作与合影照收到，谢谢！

寄来唐诗研究社文件一併收到，我觉得广州各地仰慕而来旅游，这是该社努力创作的收获，是成果，何以人力不足为由加以拒绝？我的建议，研究应有创作，但开发应具有实体，一为有关唐诗之路开发性的建设，最终为了发展旅游事业，创造人间仙境，为了人民大众所青睐，所赏识，应是相扶相成。个人时间、能力有限，当发动社内许多老同志共同创业，21世纪是知识经济时代，也是文化旅游大发展的年代，我们应当珍惜时代给予的机遇，莫失良机。

目前各地成立的旅行社很多，将来

大連飛達控制系統公司 0000016

会有大发展，可以借镜。我多次建议新昌自然条件适宜发展花卉业，就我所知金华地区已有基础，荷兰是花卉大国可以借镜。贵市住所合院很有特色，可以大大发扬。

此颂

新千禧年万事如意

李辅民

99年12月18日于大连

17×16＝240

喻柏汀

喻柏汀(1938—2021),自号白丁。竺岳兵诤友,批评竺先生最多最严,竺先生有《半塘先生》一文记之。

释文

白杨先生：

顷接来书，惊喜交集。所幸先生满腹经纶，造诣至深，想那阎罗小吏，也奈何不了你。你的墨水还远远没有吐完呀！

岁月不饶人。我退休年余，体会更切。想当年，遍踏青山草上飞，初中三载，天天拎着饭篮，三脚两步迈越路田岭；而如今，推着自行车上岭，寒暑一身汗淋矣！想先生，孤身一人，已有这般年纪，专心致志，笔耕不辍，可谓身心惫伤，透支太多了。恳望先生自惜珍摄。

直面人生，理念渐深。记得儿时去村庙观戏，戏台石柱上有对联云："舞台小天地，人世大舞台。"台湾三毛参观剡邑宓风光所捏戏曲泥人时，亦有"人生如戏"之喟叹。细细体味，果如其然。有时回首，暗觉甚是荒唐！离岗待家后，算是自由不羁，看看书报、电视，偶或田园小作，侍弄外孙女，稍有空虚之感。去年唯一值得一提所就，算是把老家的内地坪浇筑了砼层。想把破屋翻建一下，又觉力不从心，只得作罢，息事宁人算了。

有时颇念先生。但一忆及去岁在先生处看到先生的心劳之情，委实不忍来滋扰先生。先生如有暇能来剡地，我想是奢望了。

祝先生早日痊愈！

望先生珍重！

白丁

2000 年 3 月 18 日

0000058

白杨先生：

收到来信，惊喜交集。所幸先生满腹经纶，造诣至深，想那阎罗小吏也奈何不了你。你的墨水还远远没有吐完呀！

岁月不饶人。我退休年余，体会更切。想当年，脚踏青山草上飞，初中三载，天天拎着饭篮，三脚两步迈越路回岭；而如今，推着自行车上岭，寒暑一身汗淋矣！想先生，孤身一人，已有这般年纪，专心致志，笔耕不辍，可谓身心交瘁，透支太多了。恳望先生自惜珍摄。

直面人生，理念渐深。记得儿时去村庄观戏，戏台石柱上有对联云："舞台小天地，人世大舞台"。台湾三毛参观刻绘安风光所捏戏曲泥人时，亦有"人生如戏"之喟叹。细细体味，果为其然。有时回首，睹觉甚是荒唐！

19　　年　　月　　日（复文请注明字号）

0000059

离岗待家后，虽是自由不羁，看看报、电视，偶访旧同和作，做件异外的事，稍有空虚之感。去年唯一值得一提的，就是把老家的内地坪浇成了砼层。想把楼房翻建一下，又觉力不从心，只得作罢，息事宁人了。

有时颇念先生。但一忆及去岁在先生处看到先生的心劳之情，委实不忍再干扰先生。先生如有暇能来敝地，我想是奢望了。

祝先生早日全愈！

望先生珍重

何丁

2000年3月18日

左松超

左松超,历任香港浸会大学教授、台湾淡江大学教授,著有《说苑集证》等。

释文

岳兵先生：

您在九七年三月曾经寄了一封信和《诗路春风》(第六期)到香港浸会学院(现改为浸会大会)给我；但我在九五年就离开香港转到台湾工作，所以未能及时收到。最近浸会大学中文系转来了一批我的信件，才有机会拜读，《诗路春风》第六期虽是三年前的刊物，但内容对我来讲仍是新鲜的，详细览读，非常有味。“唐诗之路”最近发展如何？在旅游方面能提供怎样的引导与具体服务？(访览景点、交通、食宿等)我和内子曾两度到杭州，留下美好的回忆。今年春天(就是现在)本计划同友人重游旧地并转绍兴、宁波，可惜因一些事的影响未能成行。前年我和内子曾经带了五位研究生同去北京，住在北京大学，参观了故宫、长城、颐和园等名胜古迹和清华、北师大等高等学府。北京我们去过很多次了，这次去完全是为了学生，想让他们亲身体验中国文化之美。效果不错，至今他们提起仍津津乐道，并时常来家中看我们，形成了一个有特殊情谊的小团体。今日的旅游风气已从一般的泛泛旅游转到“深度旅游”，也就是文化和旅游相结合，旅游不应该只是走马观花，除了看风景外，还要体验当地的民情生活，认识学习当地的文化。“唐诗之路”走在风气之先，是很好的构想，但是一定要有相关的完善的配套设施。要让人觉得去得方便，去得舒服，去得有意义，还想再去。先生以为然否？

耑此即颂

撰祺

左松超

二千年四月五日

0000039

岳兵先生：您在九七年三月曾经寄了一封信和《诗路春风》（第六期）到香港浸會学院（現改為浸會大学）给我；但我在九五年就離開香港轉到台灣工作，所以未能及時收到。最近浸會大学中文系轉来了一批我的信件，才有机會拜讀《詩路春風》第六期。雖是三年前的刊物，但内容對我来講仍是新鲜的，詳細覽讀，非常有味。"唐詩之路"最近發展如何？在旅遊方面能提供怎樣的引導与具體服務？（訪覽景點、交通、食宿等）我和内子曾兩度到杭州，留下美好的回憶。今年春天（就是現在）本計劃同友人重遊舊地並轉紹興、寧波，可惜因一些事的影響未能成行。前年我和内子曾经帶了五位研究生同去北京，住在北京大學，參觀了故宮、長城、頤和園等名勝古蹟和清華、北師大等高等学府。北京我們去過很多次了，這次去完全是為了學生，想讓他們親身體驗中國文化之美。效果不錯，至今他們提起仍津津樂道，並時常來家中看我們，形成了一個有特殊情誼的小團體。今日的旅遊風氣已從一般的泛泛旅遊轉到"深度旅遊"，也就是文化和旅遊相結合，旅遊不應該只是走馬觀花，除了看風景外，還要體驗當地的民情生活，認識學習當地的文化。"唐詩之路"走在風氣之先，是很好的構想，但是一定要有相關的完善的配套設施。要讓人覺得去得方便，去得舒服，去得有意義，還想再去。先生以為然否？

尚此　即頌

撰祺

左松超

二千年四月五日

杨承祖

杨承祖(1929—2017),曾任教于淡江大学、东海大学及新加坡南洋大学。1974年起任台湾大学中文系教授。台湾“中国唐代学会”发起人之一,为台湾研究唐文学之典范人物。著有杨炯、张九龄、孟浩然等诸家年谱。

释文

岳兵社长大鉴：

别后经年，时兴遥念，岁聿云暮，弥增怀想。忽奉中国李白研究专辑，天姥之会恍在目前，先生及贵地诸公之盛情款待，尤令感谢弗萲也。月前曾赴皖鄂黄山武当，胜景可忻，而剡中人物之厚，我终莫可及。人生有此，允足长慰，谨用布心，并颂多福。

弟杨承祖偕内拜上

庚辰[①]冬月于台北

① “庚辰”系 2000 年。——编者注

東海大學中國文學研究所　　0000049

Graduate Institute of Chinese Literature

Tunghai University

岳兵社長大鑒：

別後經年　時興遙念　歲聿云暮　彌增懷想　忽奉中國李白研究專輯　天姥之會恍在目前　先生及貴地諸公之盛情款待　尤令感謝弗諼也　月前曾去皖鄂黃山武當勝景可忻　而劇中人物之學我儕莫可及　人生有此允足長慰　謹用布心　並頌

多福

弟楊承祖偕内拜上

庚辰冬月于臺北

朱玉麒

朱玉麒，1965年生，北京大学历史学系暨中国古代史研究中心教授，兼任新疆师范大学黄文弼中心主任、西域文史研究中心学术委员会主任、《西域文史》主编。主要从事唐代典籍和西域文献、清史与清代新疆问题、中外关系史研究等。代表作有《徐松与〈西域水道记〉研究》《瀚海零缣——西域文献研究一集》等。

释文

竺岳兵先生钧鉴:

新昌一别,倏忽二载有余,当时蒙先生照拂,得与盛会,感念至今。前又闻患脑疾,旋康复而撰文办事如初,深为相庆。我年来忙于博士学位,疏于音问,至为歉疚。今夏始得毕业于北师大,又来此间北大历史系做一期博士后,从事西域历史地理方面的研究,然于唐代文史、李白研究仍为本行。

近日得李白研究所惠寄《中国李白研究》2000 年集,中间脱 1999 年集,颇存疑问。今日遇蓝旭君,方知他由贵处收到 1999 年集,其中有我二人合作之综述篇。因亦思得样书为盼。其中大概我未及时相告地址,也有关系。兹特冒昧投寄求书之函,望予惠寄是荷。

耑此,即请

康安!

晚 玉麒顿首

2000.12.3

0000087

竺岳兵先生 前鉴：

新昌一别，倏忽二载有余。当时蒙　先生照拂，得与盛会，感念至今。前又闻　患脑疾，经康复而撄文史事如初，深为相庆。我年来忙于博士学位，疏于音问，至为歉疚。今夏始得毕业于北师大，又来此间北大历史系做一期博士后，从事西域历史地理方面的研究，然于唐代文史、李白研究仍如常。

近日得李白研究所惠寄《中国李白研究》2000年集，中间脱1999年集，颇存疑问。今日遇葛旭君，方知他由贵处收到1999年集，其中有我二人合作之综述稿，因亦思得该书为盼。其中大概我未及时相告地址，也有关系。故特冒昧投寄求书之函，望予惠寄是荷。

耑此，即请

康安！

晚　王[illegible]　2000.12.3.

裘亚卫

裘亚卫(1930—2018),创办《嵊讯》,并担任主编。著有《忆怀嵊县》一、二两集。

释文

岳兵先生大鉴：

荷承雅爱，惠寄《中国李白研究》一书，拜诵之余，对先生倡举"唐诗之路"，以孤军奋战越战越勇之精神，深为感佩。十五年来举办六次国际性学术研讨会，集中外唐诗硕学人士研讨唐诗之路，既宣扬古剡文化，又创造新昌旅游景观知名度，皆系先生苦心经营之成果，此非容易之事，先生之功大焉。特书数语，表示对先生钦敬之意。转眼又是新年，并此恭贺新年如意健康。

乡弟裘亚卫敬上

二〇〇〇年.十二.十六

高　照

高照,1938年生,中国美术学院教授、《美术报》副社长。曾参与全国纪念馆与城市雕塑的设计与制作。作品有《海边印象》《山恋》《始社神农》《春天的召唤》等。编著(译)有《人体结构》、《运动人体画法》(合作)等,撰写美术评论多篇。

释文

竺老师：

您好！所约限期已到。呈上的信许是几页废纸[1]，见谅。能采用，谨致谢意，不便采纳，亦表示我已经“尽力”了！谢谢。

对先生文、材十分敬仰，惟贵体当多为保重，此乃一切之本。切切。就此截笔。

即颂

冬安

高照

2002年1月26日杭州

---

① 详见附录。

常国武

常国武(1929—2017),南京师范大学教授,兼任东南大学中国文化系教授、江苏省文史研究馆馆员、南京慈善总会东慈书画院名誉院长等。长期从事中国古代文学教学和研究,长于宋代文学、词学方面的研究。著有《宋代文学史》《辛稼轩词集导读》等。

释文

岳兵先生：

手书暨拙稿打印件均已收到。拙稿稍作修改，请据以排印收入《唐诗之路综论》中。如果需要并有文字材料依据，可以考虑在拙稿后面加上您自己的一段说明，内容：

一，此次集会的主其事者，有中华书局总编傅璇琮、南京大学中文系教授周勋初、南京师范大学中文系教授郁贤皓等人，东道主有竺岳兵、吕槐林二人。

二，参加此次集会的还有复旦大学中文系教授王运熙……

三，会后因赞助商资金未到位，故本文勒石的计划未果实现。

不久前看到电视介绍新昌的山水美景，发现远远不止沃洲湖和大佛寺两处，境内有很多自然景观也极为幽美，有机会真想前往畅游一番，如能成行，请告知：(一)从南京乘何交通工具可以最省时省力地到达新昌？(二)新昌旅馆中等标准间每张床位日收多少费用？(三)您能否导游并事先告知有哪些景点值得一游？(四)如果在新昌慢慢游上四五天能否尽兴？这四五天吃、住、行每人大约需要化(花)费多少钱。均盼复示。

顺祝

近佳

常国武

2003.6.29

0000002

南京师范大学文学院

岳兵先生：

手书暨拙稿打印件均已收到。拙稿稍作修改，请据以排印收入《唐诗之路续论》中。如果需要附有文字材料依据，可以考虑在拙稿后面加上您自己的一段说明，内容：

一、此次集会的主其事者，有中华书局总编傅璇琮、南京大学中文系教授周勋初、南京师范大学中文系教授郁贤皓等人，东道主有竺岳兵、吕槐林二人。

二、参加此次集会的还有复旦大学中文系教授王运熙。

三、会后因赞助商资金未到位，故本文勒石的计划未曾实施。

不久前看到电视介绍新昌的山水美景，尤其是沃洲湖和大佛寺两处，境内有很多自然景观也极为秀美，有机会真想前往畅游一番。如能成行，请告知：(一)从南京乘何交通工具可以最省时省力地到达新昌。(二)新昌旅馆中等标准间每张床位日收多少费用？(三)[illegible]并事先告知有哪些景点值得一游？(四)如果在新昌停留上四、五天能否尽兴？这四、五天吃、住、行每人大约需要化费多少钱。均盼见示。

顺祝

近佳

[illegible] 2003.6.27

院址：南京宁海路122号　　电话：3729111—转

周勋初

周勋初(1929—2024),南京大学文学院教授。曾任江苏省文史研究馆馆长。学术研究涵盖中国古代文学史、中国文学批评史、中国古典文献学和中国古代思想史等诸多领域。出版有《高适年谱》《文史探微》《九歌新考》《魏晋南北朝文学论丛》等学术专著。2007 年,主持的大型古籍整理研究项目《册府元龟》(校订本)荣获首届中国出版政府奖。

释文

岳兵兄:

上月来信收到,所附大作也已拜读。你对唐诗的钻研热忱,令人感动。高适年谱因出版较早,八十年代即已无存。2000年江苏古籍出版社为我出了《周勋初文集》,此谱亦在其内,但因文集篇幅较多,售价较贵,故不能一一分送友好。今日身边也已无存,甚为抱歉。高适为渤海蓨人,你已指出这是指郡望。高适可能没有去过此地,史书只是称其为大姓渤海高氏而已。考郡望与唐宋史地,甚为复杂,你似不必花太多的笔墨,因吃力未必讨好。这些地方只要指出沧州之说不妥即可。高适是否到过浙东,可以推论,但不必敲定他一定是由浙东入闽的,因古时入闽途径很多,并非定走浙东不可。这些地方,说得不必太绝对,留有余地为好。凡此均供你参考。匆此,即颂
秋安

周勋初上
2003.11.5

岳兵兄：

0000021

上月来信收到，所附大作也已拜读。你对唐诗之路研究热忱，令人感动。高适年谱因出版较早，八十年代即已无存，2000年江苏古籍出版社为我出了《周勋初文集》，此谱亦在其内，但因全集篇幅较多，售价较贵，故不能一一送友好，今日身边也已无存，甚为抱歉。高适为渤海蓨人，你已指出这是指郡望。高适可能没有去过此地，史书只是缘其为大姓渤海高氏而已。考郡望与唐宋史地，甚为复杂，你们不必花太多的笔墨，因它力求毕讨好，但是也只要指出沧州之说不妥即可。高适是否到过浙东，可以探讨，但不必认定他一定是由浙东入闽的，因古时入闽途径很多，并非定由浙东不可。这些地方说得不太绝对，尚有余地为好。谨以此转供你参考。匆此　即颂

秋安

周勋初上
2005.11.5

钟振振

钟振振,1950 年生,现任南京师范大学教授、文学研究所所长。兼任国家留学基金委“外国学者中华文化研究奖学金”指导教授、中国韵文学会荣誉会长、全球汉诗总会副会长等。著有《东山词校注》《北宋词人贺铸研究》《金元明清词鉴赏辞典》《宋词纪事会评》等。

释文

竺岳兵先生暨浙江省新昌县唐诗之路研究社：

欣闻先生暨贵社编著之《浙东唐诗之路系列丛书》已由中国文史出版社正式出版，首发式举行在即，我谨代表中国韵文学会并以个人名义，向先生暨贵社表示最热烈的祝贺和最诚挚的敬意！《丛书》的出版，是中国韵文学界、唐诗学界乃至整个中国文史学界的一件盛事，她必将对推动浙东唐诗之路的研究与开发产生巨大的作用。衷心祝愿先生暨贵社全体同仁再接再厉，为宏扬我中华优秀的传统文化作出更大的贡献！

中国韵文学会会长

南京师范大学特聘教授钟振振

2004 年 5 月 10 日

0000003

竺岳兵先生暨

浙江省新昌县唐诗之路研究社:

欣闻先生暨贵社编著之《浙东唐诗之路系列丛书》已由中国文史出版社正式出版,首发式举行在即,我谨代表中国韵文学会并以个人名义,向先生暨贵社表示最热烈的祝贺和最诚挚的敬意!《丛书》的出版,是中国韵文学界、唐诗学界乃至整个中国文史学界的一件盛事,她必将对推动浙东唐诗之路的研究与开发产生巨大的作用。衷心祝愿先生暨贵社全体同仁再接再厉,为宏扬我中华优秀的传统文化作出更大的贡献!

中国韵文学会会长
南京师范大学特聘教授 钟振振

2004年5月10日

蒋 寅

蒋寅，1959年生，曾任中国社会科学院文学研究所古代文学研究室主任、《文学评论》副主编。现任华南师范大学文学院教授，兼任中国古代文学理论学会副会长、中国唐代文学学会副会长等。著有《大历诗人研究》《古典诗学的现代诠释》《清代诗学史》等。

释文

竺先生:

新年好!承惠大著三种,十分感谢!大著精心考订,多有发覆,不仅弘扬乡邦文献,亦嘉惠学林,在下十分佩服。愿新年笔耕日健,收获益富。不一一。

蒋寅 拜

二〇〇四年十二月二十八日

0000086

竺先生：

新年好！承惠大著三种，十分感谢！大著精心考订，多有发覆，不仅弘扬乡邦文献，亦嘉惠学林，上下十分佩服。恭祝新年笔耕日健，收获丰富。不一一。

俞寅　拜

二〇〇七年十二月二十八日

下编

竺岳兵先生去信

致孙望[1]

释文

孙老师：

顷读来书，知尊体欠佳，我在僻址，虽焦虑而无法为老师解忧，希冀您自珍，并祝您早日康泰！

老师对拙作作了过高赞誉，实令我惭愧之至。我对李白的兴趣，是从他的“东涉溟海”行迹开始。而要写文章探讨其行踪，则是从《李白丛考》和您为该书所作的《序》开始的。我觉得郁文有很大特色，他的结论，都在坚证基础上面作出的，丝毫没有穿凿武断之病，正如您说做到了“水到渠成”。而您的《序》，说尽了研究工作的苦处和郁文的长处，“文如其人”，我读了《丛考》和《序》，对您（你）们（的）敬仰之心油然而生。近日，我在《旅游天地》里看到了您的《南京·历史的名城》，使我倍感亲切，因为那里有我两位可敬的老师。

《考异》一、二、四题，爰引了许多的他人研究成果。三题前半部分有离题之病，五题自己也较满意。此稿从组织材料到付

① 此信原件由孙望女儿孙原靖老师提供。——编者注

打印,历时二十余天,文中的一些观点,是在写作时发现的,如对《南陵别儿童》《游泰山六首》《五月东鲁行》等,这样就产生出松散之病,老师信中指出的《任城县厅壁记》一节,便是其中之一。郁贤皓先生已经给我来信,对拙作指明了修改方法,并说乐意推荐给刊物发表,老师信上也这样说。您(你)们都是国内外有名望的学者,竟对乡村野夫如此看重,使我铭心难忘。我将遵嘱把稿子改好,然后寄上审阅。

《考异》打印稿付邮后,我就在组建一个建筑技术开发公司,大约本月十五号可组织完毕报省批准。这个公司将拥有五百人马,百分之五的科技工作者和学者。“一条古旅游线”中提到的沃洲,现在是蓄水量 1.8 亿 M^3 的水库,明日我就出发去那里搞一条环库公路,并争取库尾至天台山石桥,有朝一日能引起旅游部门的重视,也通公路,这样,我在文中提出的一条理想的旅游线路就形成了。

旅游业与文史工作有着天然的联系,因为山因人而名。所以我在给郁先生的信中,曾邀请他来这里。孙老师今日给我来信,使我产生了同样的希望,我想,倘然您能来,往返资金全由我公司负责。这里有许多人文古迹。我县大佛寺已有一千四百多年的历史(详见《旅游天地》1984 年第一期上的拙作),还有穿岩十八峰、百丈岩、沃洲、水帘洞。毗邻的有天台山诸景。我保证使您过一段十分有意趣的生活。

对《考异》修改的时间,拟在二月后,忙完上述事后。

祝您

身体健康

竺岳兵

85.1.29

致松浦友久

释文

松浦友久先生：

您好！您在太白楼会后给我的信，早已拜读。迟复歉甚！

您是否记得我在天姥山麓所闹的笑话吗？当时我为了向您说明沃洲之雅静，背了几年前我写在沃洲茅庐墙上的一首诗。后来，我读了您即兴作的《初至新昌》诗，觉得朗朗上口，再读拙作，则平平平平，譬如“细雨打杉梧”，索然无味。如改成“细雨滴杉梧”，就好听多了。这件事您可能忘了，我却吃了不懂平仄的苦头，内愧至今。

您送我的大作，我请懂日文的先生译读了几章，给了我许多的教益，谨致感谢！

诗为心声，李白之诗尤其如此。而心声又多时遇而发。因此，李白之事迹与作品系年，对于李白诗意，至为密切。我常常在想，明白他青年时期的事迹，是窥视和解开他人生观、世界观以及晚年何以铸成悲剧的窗户和钥匙。而史学界正是对这个时期的事迹缺乏研究，使李白诗歌研究者感到困惑。我个人陋见，考察剡中在青年李白心中的地位,亦许是有意思的。正如您所知那样,中国古代社会形态和意识形态,经历了四大转折。继先秦之后,魏晋时期是第二次转折。这个时期形成的魏晋风度,对古代知识分子产生了深远的影响。而剡中是这一风度重要的发源地之一,所以明代中叶以前,许许多多的知识分子来此追慕高风,李白就是其中至为显目的一个。探讨此中奥秘,对于中国知识分子的传统思想是很有意思的。去年12月我写的《李白行踪考异》和近来我写的一篇游记的……(书信原件缺失一页)岩等,自然风光与文物古迹,都有较高的观赏研究价值。您是享有国际声誉的学者,您可能不太乐意谈经济之事。我只是希望能仰仗您之大力,推动这一友谊。譬如介绍贵国某一旅行社与我社建立旅游业务关系。

趁我县计划经济委员会主任和毛纺织总厂正、副厂长赴贵国访问之际,信手写此信,不当之处,请指正。

“日”,太阳之精实也;“中”,即“中”,太阳升至扶桑之意,中、日亲密,源长如此,再次祈望您鼎力帮助。

祝您

冬安!

竺岳兵

85.12.5夜

致刘晓惠[①]

释文

刘老师：

由郁先生转来的您七月十八日给我的信，已拜读。

十分感谢您对敝地的赞扬与关怀。只是：一、我已于今年四月一日起退休了，不在其位，说起话来与先有别；二、我省对风景名胜区的投资少，三年来无分文；三、本区规划早已请浙江省规划设计院咨询，我县自己组织力量搞。86年，写出了现状报告，总体规划由我负责，也已写毕，正拟会审了。据此估计，近年这里的任务是很小的。但是，我对建筑很感兴趣，虽非科班出身，因自幼爱诗、画，长大搞建筑工程，老了渐成癖。七月八月，我跑了江南六省，注意的多在各地建筑风情。我想，你的来信，该是我的福音，你一定会是我的良师益友。我现在正在联系千万元以上的几项工程业务，其中倘有园林建筑，定然请你挂帅。

---

① 刘晓惠，南京工业大学建筑学院教授。多年致力于人居环境背景下的建筑、城市及景观园林领域的教学与科研工作。此信原件由新昌天姥中医博物馆提供。——编者注

郁教授我最倾慕,他是真正搞学问的人,现在又有你,这样,我们一定会很快见面的。

又:金陵园林艺术,素来饮誉海内,但不知有园林及其他建筑专业的刊物否?你在那里有好友否?我这次江南游,有些体会想成文投寄。你能推荐否?

直率地提出这些问题,盼谅!

祝你

快乐!

竺岳兵

87.9.22

致臧维熙[1]

释文

一[2]

臧教授：

来信及学习资料，早已收到。因为我想把正在写的论文，写好后寄您，所以回信迟了。歉甚！

我已遵嘱将参加温州会的人的申请名单，于月初寄给了黄世中教授。黄教授也已将通知书寄给了我。但其余的先生，不知他发出了没有？

关于《团体表》上应加公章一事，因为大约月底本地社团清理工作就可结束。在新办社团登记中，我社是第 1 个核准登记

① 臧维熙(1932—2022)，安徽大学中文系教授、中国山水旅游文学研究会执行理事。研究专长为中国山水旅游文学。著有《宋词名篇赏析》《戎昱诗注》《徐霞客游记选》等，主编有《中国游记鉴赏辞典》《中国山水的艺术精神》等。

② 此信原件由新昌天姥中医博物馆提供。——编者注

的。所以我想不必麻烦有关部门而等新章启用时,重新把表寄上。可否?

兹寄上《剡溪是“唐诗之路”》一稿两份,请指正。

这篇文章从4月22日开写后,不久,因两厨房倒坍,修了数天。至5月12日止,整个阶段心绪不好。加上功底浅,写得很不好。但为了推动工作,我还是匆匆交付排印了。

黄世中先生来信说“唐诗之路”应包括浙南,这个见解是很对的。浙东、浙南,是两个景区性质有异而又紧密地联(连)在一起的整体。我在10月会上提交的论文,打算就从这一点展开阐述古代文人旅游线是现代旅游线布局的基础的观点。

我22或23日去南京,若有可能,我拟来贵校向您请教一些问题。因为绍兴市府同志曾要我南京会后,作一次介绍,会议由他们组织。若他们安排的时间迟,我可能来合肥。

敬祝

教安!

竺岳兵

91.5.19上午

二①

臧教授：

我在南京寄您的信谅达。

兹寄上《会员表》1份，请收。

温州会后部分代表来台、越考察“唐诗之路”的经费已基本落实。由市经济技术协作办出资，市、县旅游局与我社承办，具体安排由我社作出。考察日程定为两宿三天，由温至新和由绍至杭的时间都算在内。

这个时间是很紧张的。由温至新共需用去10个多小时。从温7时出发到新昌已是17时了。更麻烦的是“唐诗之路”的主要景观不在这段线上。倘欲领略它，必须另化1天的时间。克服这个困难的唯一办法是26号以前，将原雁荡、温州，倒过来改为温州、雁荡。不但可以节省2小时多，而且没有重复往返之苦。看来要作这样的改变，给温州方面增加的麻烦太大。我不想向他们提这项要求。

我与市、县有关部门统一好，将这次考察定名为“唐诗之路国际学术座谈会”。我社的成立仪式也放在这时举行。这就必须安排出半天多的时间。如果因此而需三宿四天的话，我社准备拿出三千元左右，以不使市协办领导为难。

总之，此事待7月底正式确定。

连同我在南京写的信上提出的要求，请一并作复。

顺颂

夏安！

竺岳兵

91.7.6

① 此信原件由新昌天姥中医博物馆提供。——编者注

致吕槐林[①]

释文

一

尊敬的吕副：

我去南京以前寄出的拙作《剡溪是“唐诗之路”》一文，谅已达览。

我是五月廿二日去南京的，六月二日凌晨三时半抵家。去时，曾计划先到您处，后据电询知您去了温岭，我就没在绍兴下车了。

这次会，有中、美、日、法等地教授参加。共提交专业论文58篇，书六本，刊物五本。大会有六个小时作“学术报告”。我在26日下午宣讲了“剡溪是‘唐诗之路’”，约半小时。虽然代表们都是行家里手，而我是白身布衣一个，但所讲的，在会上引起了较

① 以下五封信均选自吕槐林编《情系唐诗之路》。——编者注

大的反响。我是由第1小组推荐,经学术委员会议定取得大会发言资格的。在小组会上,讨论的基本上是"唐诗之路"。特别是当代著名学者南京大学卞孝萱教授、中华书局总编傅璇琮,竭力弘扬"唐诗之路"。会尾,以会议名义致函绍兴市政府,转致代表们的综合意见。因为我论文上讲到今春的四市联谊会,此函也复印寄您,谅已收到。

四川大学教授不大服气,说:"唐诗之路"应在四川,李白是四川人,杜甫晚年在四川15年……又说,他回去向省级领导汇报,也搞"唐诗之路"。我听了觉得很有趣,因为他这番话,实际上从另一个侧面支持了浙东。

这次会的"筹委会",原有邀请书寄您的,是寄到我处要我转寄您的。但当时我打听到外国人不多,只四五个,而且这种会专业性特强,会上不可能讨论应用性的东西;您又忙,我就没寄您邀请书了。谁知后来外国人不少。我到后来有点追悔。

会议期间,三位一流学者和中国旅游协会三位副会长,与我一起开了小会。他们一致认为"微机"是不可少的。因为它可以开展多种咨询服务,可以加快出研究成果;可以吸引更多的国内外名流。他们出一名当本社的"名誉学术社长",要求您出任"名誉社长"。说这样,一定能搞出大名堂来。

傅璇琮先生给宁波市领导项秉炎(分管经济)的信也写来交我转交了。

此外,还有一些成果,不及细叙。

我和章和宝、张汝洋等同志,信心百倍,但需要您这位既有魄力,又热心事业的好领导撑腰,才能拓开局面。这里说的局面,远不是一般县级社团的局面,而是要扬名天下,留芳百代的永恒事业的局面,以不辜负浙东山水的哺育和天生我等之材。

在这里再三恳请您答应出任名誉社长(候公章启用时"聘书"就送上)。

今有张红燕女士先来您处。她的任务是与您保持经常的联系。这次主要是来问问您4月2日说的组织绍兴市各界开会，为我提供宣传机会。不知何时可以开这样的会？我的讲话重点应该放在哪里？听众来源于哪些行业、部门？

张红燕是南岩人，诚实可靠，您有什么事，尽管吩咐她去做。不过，她出差的经费，实际上是我们数人的工资或退休费(我们还没有开展集资)，所以我们嘱咐她要节约，同时，也请吕副设法帮助她住在市局招待所。

此外，7月5日至11日在马鞍山召开的李白国际会和10月19日至26日的雁荡、温州会的邀请书，谅你已收到。这两次会，针对性强，外国人参加多(马鞍山会已有30多位外国学者报名参加)，要求您一定去(桂林张大林老师参加10月会)。邀请书中要求的"论文"，您不必写，因为您是特邀代表。

余由张红燕向您面陈。

敬祝

夏祺!

竺岳兵

1991.6.5

二

尊敬的吕副：

上月19日太怠慢您了，请原谅！

您走后的几天，中国社会科学院来信，邀请我参加在汕头召开的九月份电子计算机全国会，还寄来了《人文电脑》小报。会议通知我已转轴承厂电子专家张济曙同志，请他去参加。《人文电脑》复印2份，一寄胡邦城（海南），一寄您。那上面有很好的资料，请抽空过目。

接着，我又收到"首届国际唐诗文化研讨会邀请书"。会议将于93年3月4日至7日在洛阳召开。会议主持人9人，我有6位认识，其中有日本的松浦友久及台湾的李立信。有两位是社的顾问。

该会会长王元明，多次来信说："唐诗之路"要与洛阳联系起来，从洛阳到浙东联成线。他还很有办法，与日本合办了一刊物。他去年邀请我参加白居易学术会，我没有去。这次会议的主持人，都是当代权威学者，所以很想去。我已去信洛阳，请他们邀请您、邹志方（绍兴师专中文系主任）、陈述同去，为了开展国内外工作，您是很重要的，请接到邀请书后勿辞。

说明一点：这次会决不似雁荡会。

新昌制药厂要请沙孟海写厂牌，想请我搭桥，我定在八月十日以后的两三天内去杭州，一天两宿。去时可能从北海一转。

吕副：您我能力与地位悬殊，但都有一颗赤子之心。我们对事业的追求，是无止境的。年龄逼我们考虑一个问题：我们还能做些什么？我认为搞唐诗之路是最符合我们的实际的。我请求您趁还在位的时候抓这件事,到退下来后就有大展宏图的基础。

向张同志请安!

敬祝

夏祺!

竺岳兵

92.8.3

三

敬爱的吕副：

节日全家过得一定很快乐吧！

夜酒1斤下了脾胃，握笔给您写信，倘有胡说，酒后狂言，罪不当罚。

我想起了1977年初，您得了出血热(?)住院，我来看您时的情景，那时您对我说："只要为人民尽了力，就不要紧。毛主席这样伟大的人物，不也死去了吗？"

您的阔广胸怀和对事业执着的信心，一直在鼓励着我不断前进。

前夜，祝诚在我处坐了三个小时。他说："你的文章有两个特点：'实、新。'"我想这是中肯的评论。这里先说"新"，我写文章，一定要有与传统的说法不同的创见，我才写。这就是我上面说的"目空一切"的意思。近来，绍兴高专、绍兴师专的先生们也说我有这个优点。由此，也说明我说您的人品伟大，决不是奉承您，而是我醉中的真话！

人生一世，不是为了消耗物质！师专的系主任邹志方，以五十余的年龄，到杭大去当进修生了。绍兴高专管理系书记、副教授钱茂竹来信说："我与志方经常说，搞了多年的古典文学研究，还不如竺……"这是何等的谦虚！何等的进取精神！

我二哥爱钓鱼，知道我退休后，就赶来城里说："过好晚年生活，学我去钓鱼吧！"过了五年，即今年，他说我懂得了你活着的意义，今后不再打扰你了。这，就是人们常说的"理解万岁"的意义了。

科学家们说,人到退休、离休年龄,就是第二个春天的开始,说得真好!

(有客来了,暂停笔)。

晚安!

竺岳兵

92.10.3 夜

四

尊敬的吕副：

牙病如何了？十分挂念。牙痛往往是虚火上升引起的，像我们这样的年纪尤其如此。而睡眠不足，容易升虚火。这是我这位已经掉了81％牙齿的人的经验。也就是说，拔牙因可“斩根除草”，永绝牙痛后患，但安睡乃是长治久安之策，敬请参考。

刚从宁波回来立即写给您的信，因我当时跌伤心燥，而词未尽意，兹补充如下：

1.我先去宁波的原因，是中国唐代文学学会对94年的国际会议地点，排有几个方案，浙东是第一方案。我请小英打电话给您时，是接到该会来信询问之时。不巧您牙痛，我只好去打头阵了。

2.把新昌唐诗之路研究开发社，改为浙东唐诗之路研究开发社的课题，已上了日程。厦门会议时，他们已考虑94年在浙东开的话，由谁来牵头的问题。最后，他们认为，新昌已经有个唐诗之路研究社，会议就由研究社主办、牵头。这个说法宁波大学金涛教授也认同。然而法律规定我社活动范围在新昌，这就造成名、实不符的矛盾，倘改成“浙东”就好了。

不过，以讨论唐诗之路为主的国际会议，由我社出面，应当当仁不让。今年夏秋间的唐诗之路学术讨论会与明年的国际会，这两次会开下来，“唐诗之路”就成了铁案，它的广泛意义与深远意义，是不言而喻的。

关键是：小心谨慎，大胆开拓。我们“当仁不让”，是大胆地勇敢的献身事业；但这么宏大、高级（人数比温州会议多几倍）的会议,与国内外的接触,是十分频繁的。国内,有与国务院、文化部及有关高等院校,还有台、港。国外主要是日、美、法、韩国、朝鲜、新加坡等。像我社这样的状况,必须利用会议经费,设立一个常务机构,有一位能经纬天下的能人担任领导,才能完成任务。否则,就会取得相反的效果。我这样说,当然是想到了您。尽管这个工作,对于认识、团结海内外名流名人,是极为有利的,同时又是一件名垂千古的大事,但我没有把握您肯屈就于此否?

对于这一点,我估计3月中旬,就要定下来,接着再去宁波、台州把整个事定下来。这样,才会有实际结果(要请他们把款汇过来)。

我近来要去南京。

即颂

健康安泰!

竺岳兵

93.2.20

五

尊敬的吕槐林、张聪云伉俪：

在微躯虚存于世七十年之际，承蒙吕槐林先生垂青，各位领导和朋友屈尊寒舍祝寿，幸运之至！在此我再次向各位表示衷心的感谢！同时，衷心感谢各位领导和朋友长期以来对我本人的关怀、帮助和支持！

正如诸位先生席间所说：是“唐诗之路”使我们聚首在一起的。诸位在弘扬和促进“唐诗之路”为新昌社会经济文化发展所作出的贡献，足以方驾朋俦，彪炳后世。特别是吕槐林先生，他早在我提出“唐诗之路”之后不久，就对它作出了迅速而大力的支持。历史将会记住他，历史将会记住在座的各位领导和朋友。对此，天若借我阳寿，我也将另作记述，所谓“未了之衷，于焉少慰已”云云。

芳凋岁暮，本是常事。然而说到借寿，乍听近乎荒诞，而实则是可能的。下面两则数据，可说明这个问题：

据我1988年对晋朝(公元265—420年)的1800余人的寿命长短的调查统计，他们的平均寿命只有三十一岁(非正常死亡的人数在内)。而在唐朝人中，人寿约在五六十岁。

唐朝上距晋朝只有二三百年，人寿为何提高了许多呢？原因当然很多，但我认为，一个是与唐安史之乱前开元盛世和平大环境有关，另外一个与“中隐”观的确立、流行也有很大关系。“中隐”观的实质是达观，诗人白居易便是倡导并实践“中隐”的典型代表，他为此自号乐天(乐天知命之意)，所谓“达哉达哉白乐天”，他活了七十五岁。那时人寿七十九，白要算长寿了。现代社会有许许多多养生长寿的方法,平均人寿已达七十多岁;但追根溯源,求其实质,不外乎是一个和平的大环境和为人达观。各位都是我的老师和楷模,我说这些,真是在孔子面前背《三字经》了。

总之,今天中国处于这么一个和平的大好环境中,我将继续为社会服务并力求达观处世,以报答各位之恩遇。

敬祝

健康安泰!诸事顺遂!

竺岳兵

2004年2月1日

致刘振娅[①]

释文

刘老师：

很久没有联系了，谅必又有许多大作问世。去年的职称评审结果如何？念甚。

我自入春以来，为组织“唐诗之路研究基金会”等事忙碌，没有看书，也没有心思作文。现在基金到位无法定数，待《银行法》贯彻风稍平后，即可张扬到社会上去。

我的身体还不错，只是懒散得很。过去每天都有二三封信要写，今年以来总共也写不到10(十)几封。我这个人像古代水碓的大轮子一样，从勤到懒，或者由懒转勤，转一圈就得半年。这封信，只是想念您，向您问好而已。

即祝

著丰！

竺岳兵

1995.5.1

① 此信原件由刘振娅老师本人提供。——编者注

致傅璇琮

释文

一[1]

傅先生:

您好!

寄上真正的天姥山野生茶叶、绝无人间尘埃的唐诗路满杯情茶叶四包,请笑纳。

唐诗之路网站有全球人浏览,我们敬请您为网站的顾问,勿辞,并请赐复,以永存纪念。

顺致敬意!

竺岳兵敬上

2006.6.28

① 此信原件由新昌天姥中医博物馆提供。——编者注

二

傅先生大鉴：

您于本月十号寄来的信，学会呈于浙东分会的批复和阎琦教授给您的信均收讫。我和新昌的其他同志都非常高兴，非常感谢您的帮助和支持！浙东唐诗之路将从此展开崭新的一页。

我们一定会遵先生之嘱而做好工作。

关于寄赠阎教授书作，我会在近日寄出。我希望能在杜鹃花开的时候，敬请先生拟出个名单，来浙东共聚，尽林泉之兴！

唐诗之路得有今天兴盛，仗先生之倡导和支持，届时还请先生撰写碑文，以垂不朽。春节在迩，恭祝

阖府安泰，先生永远健康！

晚竺岳兵敬上

丙戌[①]腊月廿九日

① “丙戌”系 2006 年。——编者注

三[①]

尊敬的傅先生:

您好!寄上“2011年国家社科基金项目”推荐人意见表三份,要求您作为推荐人,以便我社申报。郁贤皓教授已拟写的意见不知可否,请您审阅并签字。然后,我将按规定填写各种申报文本,再请学者(有关的学者)论证。

敬祝

安康!

竺岳兵敬上

二〇一〇.十二.廿一

① 此信原件由南开大学卢燕新教授提供。——编者注

尊敬的傅杰先生：您好！寄上“2011年国家社科基金项目”推荐人意见表三份，要求您作为推荐人，以便我社申报。郁贤皓教授已拟写的意见不知可否，请您审阅并签字。然后，我将按规定填写各种申报文本，再请学者（有关的学者）论证。

敬礼

安康！

竺岳兵敬

二〇一〇·十二·廿一

致詹福瑞

释文

一[①]

詹福瑞先生:

您好!自从詹锳先生仙逝,您给我一信后,就未向您问候,歉甚!

现有一事,敬请您支持:

前时,我请傅璇琮先生转请任继愈先生题来了"李氏宗谱"词。现在此书已印好,拟送国家图书馆保存,收到后望能给予收藏证(或收条),以作为我们的纪念。

此外,送去由傅先生题写书名、中国文史出版社出版的《唐诗之路系列丛书》,敬请您指正。

前时,全国文化记者组团考察"唐诗之路",嘉誉甚多。先生

① 此信原件由新昌天姥中医博物馆提供。——编者注

在京，亦请予多多揄扬，使之重光。

　　顺致

敬意！

竺岳兵

2006.6.12

二

詹先生:

你好!上个月底,我在北京,你和薛教授都在外而未能谋面,十分遗憾!那时薛教授说8月20日返京,有便时请你向他问好!

今日给你去信的目的,是向你推荐一套既有创意,又十分妥帖的《绍兴通史》。

《绍兴通史》由李永鑫先生主编。我读了六朝部分内容后,深叹其行文规范,时限清晰,层次分明,结构严谨。既有翔实可信的丰富资料,又有许多学术性的突破。

例如一:该《通史》所要记载的地域范围,代有盈缩,最难界定。而该《通史》编者,竟轻车熟路般地驾驭了这里几千年的历史文化。

例如二:编写者尊重以往的府志,但尽力还历史原貌。关于永嘉士族南奔的史料,以前一般都遵循《晋书·王导传》,《绍兴通史》二卷则通过多种考证途径后云:不是一次性地"避乱江左者十六七",而是持续性地播迁南方的。这种在大量证据齐备下所作的结论,足以为学术界刷新耳目。我受这种感动,特向你推荐,希望国家图书馆收藏该《通史》。

顺致

时绥!

浙江新昌唐诗之路研究社

竺岳兵

2015年8月21日

致野本觉成[①]

释文

野本觉成大师：

睽别十七年，谅诸事顺遂。昨日我从何思源先生处获悉，您返本寺为长老主持，特专信问候。

又及：1996年12月您寄送我的佛学史料，对我的研究大有裨益。其中，"参天台五台山记第一"，真可谓珠还合浦，对中日佛教交流大有益处，这又使我想起了我在智者大师放螺处放螺的情景。人生有涯，法轮常转，不知先生可以组团追踪先贤否？

顺致

敬意！

竺岳兵上

二〇一三年秋月

① 野本觉成，日本天台宗编辑长，日本天台宗宗典编辑所所长。

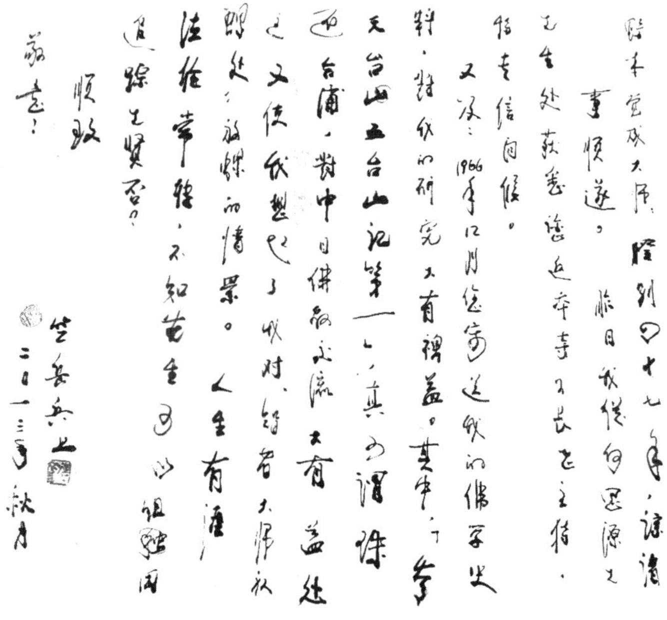

镰本宽成大师：睽别四十七年，谅道业顺遂。昨日我从何思源之先生处获悉您近来寺之长老主持，特专信问候。

又及：1966年12月您寄送我们佛学史料，对我们研究大有裨益。其中，《参天台山五台山记》等——《真如》谓谈述台州，对中日佛教交流大有益处之。又使我想起了我对、诸君大师秋野处翩翩的情景。人生有涯，法缘常续，不知黄生可以组继两道踪先贤否？

顺致

敬意！

竺岳兵上

二〇一三年秋月

致肖瑞峰

释文

肖教授：

“剡溪蕴秀异”，这一句诗中的“蕴”，点明了剡中山水的美学特征：含蓄有余，含而不露。杜甫之在浙东流连四年，尚云“欲罢不能忘”，可知“蕴秀”之妙耳！浅见以为此中之“妙”，妙在浙东山水经六朝风流之洗礼，富有哲理。

而各位在剡中期间，都是在开会中挤出时间去顾一番，难得其秀。我奋斗几十年，曾想用自己的力量，在白云深处，建造小规模的林泉山庄，为各位师友提供休闲研究场所，迄今未果，几成笑柄。但愿后来人玉成其事。

祝

春节快乐！

白杨老人竺岳兵

2019.2.4

背景

竺岳兵先生写完此信三天后生病住院,这是他留存于世的最后一封信。竺先生于是年 7 月 6 日因病逝世。

附　录　相关书信及文献辑录

1. 释文

浙东的名山秀水，吸引过唐代众多诗人，留下了许多名篇佳作。如今，“唐诗之路”风光依旧，又有唐诗风韵的深广影响，只要加以宣传和开发，这条古代的旅游热线当有中兴的希望。

我建议编选出版一本《浙东唐诗之路诗选》，精选唐人吟咏浙东山水名胜之作，加上注释和评点。到这里旅游的四方来客，有此一卷在手，一边游览风光，一边吟赏唐诗，必定会游兴倍增。这样的旅游，文化内涵丰富，是一种十分高雅的精神享受。

（金涛）

0000037

浙东的名山秀水，吸引过唐代众多诗人，留下了许多名篇佳作。如今，“唐诗之路”风光依旧，又有唐诗风韵的深广影响，只要加以宣传和开发，这条古代的旅游热线当有中兴的希望。

我建议编选出版一本《浙东唐诗之路诗选》，精选唐人吟咏浙东山水名胜之作，加上注释和评点。到这里旅游的四方来客，有此一卷在手，一边游览风光，一边吟赏唐诗，必定会游兴倍增。这样的旅游，文化内涵丰富，是一种十分高雅的精神享受。

(金涛)

15×20=300　　宁波大学　中国文化研究中心　　第　页　　71—53×87.10

2. 释文

新昌唐诗之路研究开发社：

欣逢新昌唐诗之路研究开发社成立五周年，我谨代表中国唐代文学学会并以我个人的名义，向贵社表示热烈的祝贺！

唐诗之路在浙东之被重新发现，是近十余年来浙江唐诗研究者与全国唐代文学研究界共同探索的结果，也是改革开放以来学术界开拓视野，配合经济、文化建设所取得的新收获。这不仅对于唐代文学研究，而且对于社会经济、文化的发展，都具有现实的和历史的意义。建社五年来，您（你）们在艰难条件下，团结广大学术界友人，为“唐诗之路”事业孜孜不倦地工作，给人印象至深。成果喜人，工作出色，前景辉煌，激励奋进。谨以此互勉！

中国唐代文学学会

会长傅璇琮

1997.2.20

0000098

中華書局

Zhong Hua Book Company

36 Wangfujing Street, Beijing, China

新昌唐诗之路研究开发社：

欣逢新昌唐诗之路研究开发社成立五周年，我谨代表中国唐代文学学会并以我个人的名义，向贵社表示热烈的祝贺！

唐诗之路在浙东之被重新发现，是近十余年来浙江唐诗研究者与全国唐代文学研究界共同探索的结果，也是改革开放以来学术界开拓视野、配合经济、文化建设所取得的新收获。这不仅对于唐代文学研究，而且对于社会经济、文化的发展，都具有现实的和历史的意义。建社五年来，

中華書局

Zhong Hua Book Company

36 Wangfujing Street, Beijing, China

您们在艰难条件下，团结广大学术界友人，为"唐诗之路"和杜牧、李德裕工作，给人印象良深。成果喜人，工作出色，前景辉煌，激励奋进。谨以此互勉！

中国唐代文学学会

会长 傅璇琮

1997.2.20.

3. 释文

自古以来，浙中既以奇山异水驰名海内，又以人文遗迹享誉世间。当年李白、杜甫不远千里扬帆游浙，吸引他们的既是天姥、赤城、剡溪、镜湖的山色湖光，也是勾践、范蠡、买臣、严光的余风遗烈。同样，今天的"唐诗之路"也兼有自然地理和人文历史两方面的意义。游者至此，定可获得山水美景与唐诗情韵的双重审美享受，从而增强对祖国大好河山与悠久文化的热爱。所以，"唐诗之路"旅游路线的建设，其意义已越出开发旅游资源或研究唐代文学的范围，它实质上是发扬中华文化的一件盛举，我举双手赞成之。(莫砺锋)

0000071

第　　页

自古以来，浙中既以奇山异水驰名海内，又以人文遗迹享誉世间。当年李白、杜甫不远千里扬帆游浙，吸引他们的既是天姥、赤城、剡溪、镜湖的山色湖光，也是勾践、范蠡、买臣、严光的余风遗烈。同样，今天的"唐诗之路"也兼有自然地理和人文历史两方面的意义。游者至此，定可获得山水美景与唐诗情韵的双重审美享受，从而增强对祖国大好河山与悠久文化的热爱。所以，"唐诗之路"旅游路线的建设，其意义已越出开发旅游资源或研究唐代文学的范围，它实质上是发扬中华文化的一件盛举，我举双手赞成之。

20×15=300　　910838·8810

4. 释文

新昌唐诗之路研究开发社、竺岳兵先生:

值贵社成立五周年之际,谨向您及贵社表示热烈的祝贺!

浙东,自晋代起,渐成为人文荟萃之地,源远流长的山水诗在此滋生,与之有联(连)带关系的书法、绘画以及宗教等,也在这一地域达到鼎盛。唐以降,许多“壮游”的文人、失意的诗人以及“宦游”的官吏在浙东一带流连忘返,吟咏不绝,使浙东一带再次成为唐诗发展中一个特异的地区。对于这一人文现象,“唐诗之路”是一个形象、具体而科学的概括和归纳。由于这一概括和归纳,浙东人文得到了进一步的挖掘和开发,获得国内外知名学者的肯定和赞许。一九九四年在新昌成功地举办了唐代文学国际学术讨论会便是一个充分的证明。

“唐诗之路”的研究和开发,目前正处于方兴未艾之际,我们祝愿竺岳兵先生及研究开发社的同仁们取得更大的成绩,为浙东地区的文化事业和经济旅游事业做出更大的贡献。

中国唐代文学学会

一九九七.二.十四

中国唐代文学学会用笺

新昌唐诗之路研究开发社

竺岳兵先生：

值贵社成立五周年之际，谨向您及贵社表示热烈的祝贺！

浙东，自晋代起，渐成为人文荟萃之地，源远流长的山水诗在此滋生，与之有联带关系的书法、绘画以及宗教等，也在这一地域达到鼎盛。唐以降，许多"壮游"的文人、失意的诗人以及"宦游"的官吏在浙东一带流连忘返，吟咏不绝，使浙东一带再次成为唐诗发展中一个特异的地区。对于这一人文现象，"唐诗之路"是一个形象、具体而科学的概括和归纳。由于这一概括和归纳，浙东人文得到了进一步的挖掘和开发，获得国内外知名学者的肯定和赞许。一九九四年在新昌成功地举办了唐代文学国

地址：西安市小南门外大学东路西北大学内　电话：2·5036转　电报挂号：6011

中国唐代文学学会用笺

际学术讨论会便是一个充分的证明。

"唐诗之路"的研究和开发,目前正处于方兴未艾之际,我们祝愿竺岳兵先生及研究开发社的同仁们取得更大的成绩,为浙东地区的文化事业和经济旅游事业做出更大的贡献。

中国唐代文学学会

一九九七.二.十四.

地址:西安市小南门外大学东路西北大学内　电话:2·5036转　电报挂号:6011

5. 释文

《“唐诗之路”与竺岳兵》读后

陈尚铭

读罢此文，友人竺岳兵如在目前。在和他数年的交往里，我读过他一些精彩的论文，听过他对海内外学人的宣讲，也收到过他近十封侃侃而谈的书信。从中，我感觉他诚是一位勤于钻研、善于思考且具有创造精神的人。他原本不是学文史的，但他酷爱文学，尤其对唐代诗文情有独钟。加之他懂建筑、熟方志、通佛学，因而能够从一个新的角度去审视文学现象，往往有所发现或发明，在中国唐代文学研究中独树一帜。更加难能可贵的是，他适时而切实地把研究成果用于旅游开发，有机地融古今为一体，提高了旅游的价值和品味，很快得到社会各界的认同和支持，一时传为佳话。

经过竺岳兵的综合研究和考察，他为桑梓发现了一条“唐诗之路”，实际上他为社会找回来一份珍贵的文化遗产。这使我记起，1995 年春节来临之际，他主持的“唐诗之路研究开发社”向各地友人分送一张贺年片，那上面写着“芳躅共寻”四个字。如此好有一比，文化遗产是先贤们呕心沥血的结晶，愿我们携起手来，一起去追寻他们的足迹，找回那条曾经使祖国添光彩、民族精神振奋的路！中华民族的文化遗产，属于每个炎黄子孙，我们有责任去继承它，使之发扬光大；当然也有权利去拥有它，分享她的乳汁。联系今日创建社会主义精神文明，“浙东唐诗之路”为它增加了一种色彩绚丽、意义深远的环境文化。有社会主义觉悟和文化的领导者，完全可以利用她，把爱国主义教育落实到一个喜闻乐见的实处,从而陶冶公民的情操,增强民族的自豪感,表明伟大祖国自古以来就是一个群星灿烂的文明之邦。我想,竺岳兵找回来的这份文化遗产,其意义就在于此。

(1997年9月4日)

从"唐诗之路"与竺岳兵》读后

陳尚銘

读罢此文，友人竺岳兵如在目前。在和他数年的交往里，我读过他一些精彩的论文，听过他对海内外学人的宣讲，也收到过他近十封纵论而谈的书信。从中，我感觉他诚是一位勤于钻研、善于思考且具有创造精神的人。他原本不是学文史的，但他酷爱文学，尤其对唐代诗文情有独钟。加之他懂建筑、熟方志、通佛学，因而能够从一个新的角度去审视文学现象，往往有所发现或发明，在中国唐代文学研究中独树一帜。更加难能可贵的是，他适时而切实地把研究成果用于旅游开发，有机地融古今为

20×15=300　　宁波高等专科学校　　第 1 页

71-124×95.11

0000193

一体，提高了旅游的价值和品味，很快得到社会各界的认同和支持，一时传为佳话。

经过竺岳兵的综合研究和考察，他为桑梓发现了一条"唐诗之路"，实际上他为社会找回来一份珍贵的文化遗产。这使我记起，1995年春节来临之际，他主持的"唐诗之路研究开发社"向各地友人分送一张贺年片，那上面写着"芳躅共寻"四个字。如此好有一比，文化遗产是先贤们呕心沥血的结晶，愿我们携起手来，一起去追寻他们的足迹，找回那条曾经使祖国崛起、民族精神振奋的路！中华民族的文化遗产，属于每个炎黄子孙，我们有责任去继承它，使之发扬光大；当然也有权利拥有它，分享她的乳汁。联系今日创建社会主义精神文明，"浙东唐诗之路"为它增加了一种色彩绚丽、意义深远的环境文化。有社会主义觉悟和文化的领导者，完全可以利用它，把爱国主义教育落实到一个喜闻乐见的实处，从而陶冶公民的情操，增强民族的自豪感，我们伟大祖国自古以来就是一个辉煌灿烂的文明之邦。我想，坚决要找回来的这份文化遗产，其意义就在于此。

（1997年9月4日）

6. 释文

在国内,我主持过五次国际学术会议。在国外,我还担任过国际学术会议的执行主席。至于出席国际学术会议,在国内外或许超过30次,最远直到巴西。对于国际学术会议,我的体会是,其核心是论文,论文的质量,是国际学术会的生命力,也是一次国际学术会是否成功的最主要的评判标准。

当然,一个国际学术会议的主持者,可以有会议的“导向”,但这种“导向”,仍然是学术的,不能背离学术,不管是什么政治制度的国家,国际学术会必然是一切服从学术,不能有其他选择。否则就是笑柄。

李白诗中的天姥山,从学术上论证,无疑在越州,这是完全可以肯定的。假如有人强自(词)夺理,说此山(指李白天姥山)不在越州,那就是愚昧幼稚,就不是学术,是自贻笑柄。

陈桥驿①

98.11.20

---

① 陈桥驿(1923—2015),著名历史地理学家,浙江大学地球科学系终身教授、中国地理学会历史地理专业委员会主任、国际地理学会历史地理专业委员会咨询委员。出版《水经注研究》(一集、二集、三集),《郦道元与水经注》等著作。

在国内,我主持过五次国际学术会议。在国外,我也担任过国际学术会议的执行主席。至于出席国际学术会议,在国内外我出席过30次,最近去到巴西。对于国际学术会议,我的体会是,其核心是论文。论文的质量,是国际学术会议的生命力,也是一次国际学术会议是否成功的最主要的评判标准。

主办一个国际学术会议的主持者,可以有会议的"导向",但这种"导向",仍然是学术的,不能有违学术。不管是什么政治制度的国家,国际学术会议必然是一切服从学术,不能有其他选择。否则就是笑柄。

李白诗中的天姥山,从学术上论证,天姥在越州,这是完全可以肯定的。假使有人强词夺理,说天姥山(指李白天姥山)不在越州,那就是,就不是学术,是自找笑柄。

陈桥驿
98.11.20

7. 释文

唐诗之路的深化和拓展

盛鸿郎

浙东唐诗之路自竺岳兵先生推出,经历了13个年头扎实的工作,已名显于中外。由于线路长、景点分散,又跨越几个市、县等种种原因,其开发现尚不尽如人意。

唐诗之路,以个人浅见来看:与其说是唐代诗人佳作所形成的路,还不如说是他们受历史的感召,先后汇集到这里来,并以诗的形式对沿途自然和人文景观发出众多各异的赞颂和感叹,从而,将这条路推向更高的层次。以诗而论,既是谢灵运山水诗的继承和发展,又进而推进到更为宽广的领域。从这一认识出发,我以为唐诗之路应做好三篇文章:《渊源篇》、《唐诗篇》与《影响篇》,全面而系统地深化和拓宽其内涵,这非但不会冲淡命名的原意,而且可让人们了解其形成的必然与影响的巨大,使其更凸现在世人面前,可满足不同人群、抱不尽相同的目的,在此寻觅他们所需的答案,从中得到有益的启迪和熏陶。这样,也更便于市、县际之间的思想统一和行动协调,可进一步促使相互协作,让这条路更趋繁荣。

唐诗之路能吸引唐代诗人们纷至沓来,以其固有的魅力,必将会使更多的现代人来这里走走看看。从目前看,虽依然是任重而道远,但其前景无疑是光明的,我们应该坚信这一点。

2002年1月28日

于绍兴

0000047

唐诗之路的深化和拓展

盛鸿郎

浙东唐诗之路自竺岳兵先生提出，经历了13个年头扎实的工作，已名显于中外。由于线路长，景点分散，又跨越几个市，因种种原因，其开发现尚不尽如人意。

唐诗之路，以个人浅见来看：与其说是唐代诗人佳作所形成的路；还不如说是他们受历史的感召，先后汇集到这里来，并以诗的形式对沿途自然和人文景观发出众多美好的赞颂和感叹，从而，将这条路推向更高的层次。以诗而论，既是谢灵运山水诗的继承和发展，又进而推进到更为广宽的领域。从这一认识出发，我以为唐诗之路应做好三篇文章：《渊源篇》、《唐诗篇》与《影响篇》，全面而系统地深化和拓宽其内涵，这非但不会冲淡前者的原意

20×16＝320　　绍兴市水利电力局　　第 1 页

0000048

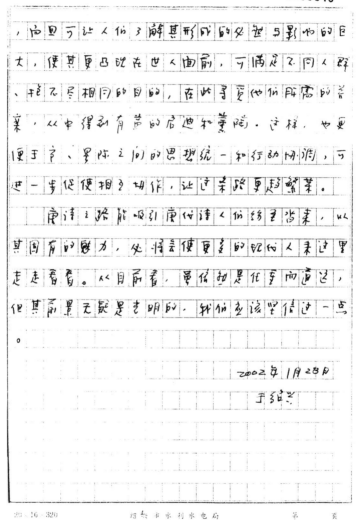

，而且可让人们了解其形成的必然与影响的巨大，使其更凸现在世人面前，可满足不同人群、抱不尽相同的目的，在此寻觅他们所需的答案，从中得到有益的启迪和熏陶。这样，也更便于市、县际之间的思想统一和行动协调，可进一步促使相互协作，让这条路更趋繁荣。

唐诗之路能吸引唐代诗人们纷至沓来，以其固有的魅力，必将会使更多的现代人来这里走走看看。从目前看，虽然都是任重而道远，但其前景无疑是光明的。我们应该坚信这一点。

2002年1月28日

于绍兴

20×16=320　　绍兴市水利水电局　　第　　页

8. 释文

拙艺可落唐诗路？

中国美术学院教授、《美术报》副社长　高照

为推动《唐诗之路》事业的发展，诗社正编撰《专家学者谈唐诗之路》一书，且盛情邀我写点文字，权充滥竽之用。我是个蹩脚的雕塑家，虽执教中国美院四十载，而对于文学诗词，实话实讲，不叫"才疏学浅"而是"一窍不通"。只是年少由于兴趣所致，也曾背过一、两句唐诗。其间，印象较深者乃如诗仙李太白之"天生我材必有用""千金散尽还复来"等句。遥想往昔，却作如是解读：只要努力刻苦成材，吾将"天生"必有所用；我等只要有"材"，散尽千金亦会"复来"。这种六经注我的诠释，似乎曲解了原意，而今被行家里手们听来，只是一则笑料而已！然而，它于我做人，倒也起了点促进作用。一笑。

言归正传。由竺岳兵先生倡导，而今谓之"浙东唐诗之路"的主题旅游文化，当下已得到海内外诸多名流学者的一致认可与评述。亦如所言，"唐诗之路"的开发与研究，正是一条弘扬民族文化之路；亦是一条提高民族素质之路；更是旅游资源的开发之路。这是一项文化工程。在这一建树中，鄙人惟一能作(做)点绵薄之举的，乃是为浙东唐诗之路的某点、某地，敬塑几尊诗家先人的塑像，以助四方学者之兴、八方游客之趣。不知以为否？

2002 年旦日杭州

0000100

拙艺可踏唐诗路？

中国美术学院教授
《美术报》副社长 高照

为推动《唐诗之路》事业的发展，诗社正编撰《专家学者谈唐诗之路》一书，且盛情邀我写点文字，权充滥竽之用。我是个蹩脚的雕塑家，虽执教中国美院四十载，而对于文学诗词，实话实讲，不叫"才疏学浅"而是"一窍不通"。只是年少由于兴趣所致，也曾背过一、两句唐诗。其间，印象较深者乃如诗仙李太白之"天生我材必有用""千金散尽还复来"等句。遥想往昔，

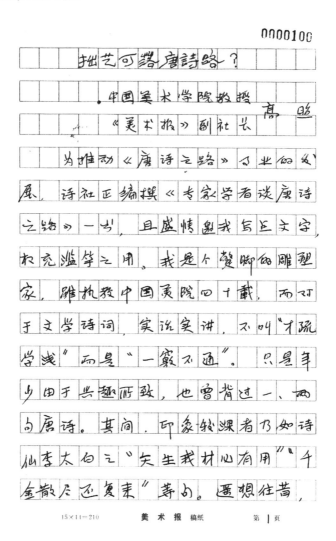

15×11=210 美术报稿纸 第1页

0000101

都作如是解读：只要努力刻苦成材，吾将"天生"必有所用；我等只要有"材"，散尽千金亦会"复来"。这种六经注我的诠释，似乎曲解了原意，而会被行家里手们听来，只是一则笑料而已！然而，它於我做人，倒也起了点促进作用。一笑。

言归正传。由竺岳兵先生倡导而今谓之"浙东唐诗之路"的主题旅游文化，当下已得到海内外诸多名流学者的一致认可与评述。亦如所言，"唐诗之路"的开发与研究，正是一条弘扬民族文化之路；亦是一条提高民族素质之路；更是旅游

15×14=210 美术报稿纸 第2页

0000102

资源的开发之路。这是一项文化工程。在这一建树中，鄙人唯一能作点锦上添花之举的，乃是为浙东唐诗之路的某点、某地，敬塑几尊诗家先人的塑像，以助四方学者之兴、八方游客之趣。不知以为否？

2002年旦日 杭州

15×14=210　美术报稿纸　第3页

后　记

从 20 世纪 70 年代开始,“唐诗之路”已走过半个多世纪。

“天下禅林宗曹溪,唐诗之路尊新昌”,这是复旦大学资深教授陈尚君对新昌在“唐诗之路”上的地位的高度评价。确实,“唐诗之路”的祖庭在新昌,其开创之初,筚路蓝缕,其间风雨坎坷,幸有书信可窥一二。这也是我们编辑本书的目的。从本书中,可以看到“唐诗之路”的酝酿和发展脉络,一页页颜色泛黄的珍贵信笺,一帧帧定格历史的生动印记,同时也从侧面彰显了新昌在“唐诗之路”上的重要地位。

“唐诗之路”是中华文化的一块基石,竺岳兵先生提出并首倡“唐诗之路”,已在中国近代文化史上留下了清晰的一页。我们从卷帙浩繁的海量书信中精选了 1984—2004 年间 82 位学者、领导和朋友写给竺先生的 100 通信件,另外还设法找到了竺先生的 18 通去信,借此也可以看出“唐诗之路”早期的发展历程和影响。随着科技的发展,信件来往离我们的生活越来越远,这种联系方式逐渐被电话、网络替代,但不可否认的是,书信比其他通讯方式更让人感觉温暖与感动,我们在编辑过程中便有非常深刻的体会。我们与书信主人交流,也与他们的家属、学生等继续保持着链接。

以竺先生与孙望先生的交往为例。竺先生身居浙江新昌这座山城小县,从郁贤皓先生的《李白丛考》序言中得知孙先生大名,并知道他在南京师范大学任职,是非常有名望的学术大家。1984 年,竺先生将写好的《李白行踪考异》论文寄到南京师范大学,没想到不久就接到了孙先生的回信,信中对竺先生的论文多有夸赞,这让他兴奋不已,称誉"学术界是一块最干净的土地"。之后,竺先生回到书斋中,顿觉天地宽敞了。三年后,他正式提出了"唐诗之路"。这封信,竺先生心心念念视为珍宝,但遍寻不着,遂认定此信已佚,遗憾不已。竺先生走后,我们整理其遗物时发现了此信,连信封也完整保留,同时找到的还有安旗先生的两通来信。今年 9 月,我们辗转找到孙望先生的女公子孙原靖老师,替竺先生向孙先生致敬。两天后,我们收到孙老师发来的照片——是竺先生的复函,这让我们激动不已!

在编辑本书过程中,经常有这样的惊喜和感动。新疆师范大学薛天纬教授说:"整理编辑《竺岳兵全集》是一项极有意义的工作,也是'唐诗之路'的基本文献建设。希望你们全力做好这件事。"傅璇琮先生的两位女公子,在得知我们在编辑"书信集"后,说:"浙江,是傅先生永系情怀之地。竺先生很伟大,为浙东唐诗之路呕心沥血,殚精竭虑。傅先生一直对竺先生赞赏有加,敬佩感至。""你们要出"书信集",是大好事,自当全力支持。"再如复旦大学杨明教授认为:"这项工作很有意义,让我们感到高兴和欣慰。"上海师范大学朱易安教授说:"唐诗之路的研究一路艰辛一路辉煌,可以告慰为此作出努力的先辈,也为岳兵先生事业后继有人感到欣慰。"南京师范大学张采民教授则在我们筹划出版本书时,就给予了无私指导,希望我们"讲唐诗之路发展过程中遇到的问题，理出脉络”。可以说，我们联络的学者或其遗嘱执行人都期待此书的出版，这更坚定了我们编好本书的信心。在此，向各位支持者表示深深的感谢和崇高的敬意！

从本书可以看到，学术这条线一直贯穿始终，是严谨规范的学术思考和学术方法提升了竺岳兵先生的认识和境界。他撰写论文，与孙望、郁贤皓、傅璇琮、松浦友久等著名学者建立密切联系，邀请他们来新昌考察研讨，获得了积极支持和响应。又在新昌组织举办多次国际学术研讨会。后来越来越多的专家学者参与了唐诗之路研究，发表论文，出版专著。学界力量对于推动“唐诗之路”，起了非常重要的作用。

竺先生很重视这笔财富，他将每一通信都按照姓名编册保管，后来我们将之扫描归档，做成电子档案留存。书信的整理和出版工作，对我们来说，也是一种缅怀和学习，同时更赋予了我们前行的力量。

遗憾的是，目前我们搜集到的竺先生的去信有限，希望借本书能聚集更多关注唐诗之路的同道，欢迎大家多提宝贵意见，同襄文化盛举，共续千年诗脉。

编者

2024 年 12 月